El truco de los espejos

Biblioteca Agatha Christie

Agatha Christie
El truco de los espejos

Traducción de C. Peraire del Molino

ESPASA

PEFC Certificado

Este libro procede de
bosques gestionados
de forma sostenible

PEFC

PEFC/14-38-00305 www.pefc.es

Espasa, un sello editorial de Editorial Planeta, S. A.
Avda. Diagonal, 662-664, 08034 Barcelona (España)
www.espasa.com
www.planetadelibros.com

Publicado de acuerdo con Grupo Planeta Argentina S.A.I.C.

Diseño de la cubierta: Booket / Área Editorial Grupo Planeta
Ilustración de la cubierta: © David Sierra
Primera edición en Colección Booket: febrero de 2024
Segunda impresión: agosto de 2024

Depósito legal: B. 20.539-2023
ISBN: 978-84-670-7233-4
Impresión y encuadernación: QP Print
Printed in Spain - Impreso en España

Biografía

Agatha Christie es conocida en todo el mundo como la Dama del Crimen. Es la autora más publicada de todos los tiempos, tan solo superada por la Biblia y Shakespeare. Sus libros han vendido más de cuatro mil millones de ejemplares en todo el mundo. Escribió un total de ochenta novelas de misterio y colecciones de relatos breves, diecinueve obras de teatro y seis novelas escritas con el pseudónimo de Mary Westmacott. Probó suerte con la pluma mientras trabajaba en un hospital durante la Primera Guerra Mundial, y debutó en 1920 con *El misterioso caso de Styles*, cuyo protagonista es el legendario detective Hércules Poirot, que luego aparecería en treinta y tres libros más. Alcanzó la fama con *El asesinato de Roger Ackroyd* en 1926, y creó a la ingeniosa Miss Marple en *Muerte en la vicaría*, publicado por primera vez en 1930. Se casó dos veces, una con Archibald Christie, de quien adoptó el apellido con el que es conocida mundialmente como la genial escritora de novelas y cuentos policiales y detectivescos, y luego con el arqueólogo Max Mallowan, al que acompañó en varias expediciones a lugares exóticos del mundo que después usó como escenarios en sus novelas. En 1961 fue nombrada miembro de la Real Sociedad de Literatura y en 1971 recibió el título de Dama de la Orden del Imperio Británico, un título nobiliario que en aquellos días se concedía con poca frecuencia. Murió en 1976 a la edad de ochenta y cinco años. Sus misterios encantan a lectores de todas las edades, pues son lo suficientemente simples como para que los más jóvenes los entiendan y disfruten, pero a la vez muestran una complejidad que las mentes adultas no consiguen descifrar hasta el final.

www.agathachristie.com

A Matthew Prichard

Capítulo 1

Tras alejarse unos pasos del espejo, Mistress Van Rydock exhaló un suspiro.

—Bueno, tendrá que ser este —murmuró—. ¿Te parece bien, Jane?

Miss Marple admiraba complaciente la creación de Lanvanelli.

—Es un vestido muy bonito —dijo.

—Sí, está bien —repuso Mistress Van Rydock, volviendo a suspirar—. Quítamelo, Stephanie.

La anciana doncella de cabellos grises y boca menuda deslizó con cuidado el vestido sobre los brazos y la cabeza de Mistress Van Rydock.

Esta se miró al espejo. Iba exquisitamente encorsetada, y sus piernas, todavía bien conservadas, lucían finas medias de nailon. Su rostro, bajo la capa de cosméticos y debido a los constantes masajes, parecía casi infantil visto desde una prudente distancia. Sus cabellos grises con reflejos azules estaban peinados con esmero. Al contemplar a Mistress Van Rydock resultaba imposible imaginar cuál sería su aspecto original. Era el resultado de todo lo que el dinero puede lograr... reforzado por régimen, masajes y constantes ejercicios.

Ruth Van Rydock miró divertida a su amiga.

—¿Crees que la gente podría adivinar que tú y yo somos casi de la misma edad, Jane?

Miss Marple fue sincera al responder:

—Claro que no. Estoy segura. ¡Me temo que yo aparento exactamente mi edad!

Miss Marple tenía un rostro suave y rosado surcado de arrugas, cabellos blancos y unos ojos inocentes color azul porcelana. Daba la impresión de ser una dulce anciana. En cambio, nadie hubiera calificado de dulce a Mistress Van Rydock.

—Me figuro que sí, Jane —dijo Ruth Van Rydock sonriendo—. Y yo también, solo que de otra manera. «Es increíble cómo conserva su figura esa vieja bruja», dicen de mí. ¡Pero me llaman vieja bruja! Y, Dios mío, ¡me siento así! Te lo aseguro.

Se dejó caer pesadamente sobre una butaca tapizada de raso.

—Está bien, Stephanie. Puedes marcharte.

La doncella recogió el vestido y salió de la habitación.

—La vieja y buena Stephanie... —dijo Ruth Van Rydock—. Lleva conmigo más de treinta años. Es la única mujer que sabe cómo soy en realidad. Jane, quiero hablar contigo.

Miss Marple se inclinó hacia delante. Su figura resultaba fuera de lugar en el marco de aquellas habitaciones de un hotel de lujo. Vestía de negro, con cierto desaliño, llevaba un gran bolso, que parecía un maletín de mano, y daba la impresión de ser toda una señora.

—Estoy preocupada por Carrie Louise, Jane.

—¿Carrie Louise? —Miss Marple repitió el nombre pensativa, pues le traía a la memoria lejanos recuerdos.

Un internado de Florencia. Se vio a sí misma, la rubia muchachita inglesa, y las dos Martin, estadounidenses, que tanto la asombraban por su curiosa manera de expresarse, sus modales resueltos y su vitalidad. Ruth, alta, intrépida, dominando el mundo; Carrie Louise, menuda, poquita cosa, reposada.

—¿Cuándo la viste por última vez, Jane?

—¡Oh! Hace muchos años. Veintiocho, por lo menos. Aunque seguimos felicitándonos las Pascuas.

¡Qué extraña es la amistad! Ella, la joven Jane Marple, y las dos norteamericanas. Sus vidas tomaron rumbos distintos casi enseguida, y no obstante persistió su antiguo afecto; alguna que otra carta, felicitaciones por Navidad. Era extraño que Ruth, cuya casa —o, mejor dicho, casas— estaba en Estados Unidos, hubiera sido a la que viera más a menudo de las dos hermanas. No, tal vez no fuese extraño. Como la mayoría de las estadounidenses de su posición, Ruth fue siempre muy cosmopolita, cada uno o dos años visitaba Europa, ya fuera Londres, París o la Riviera, y de regreso siempre encontraba un momento para dedicarlo a sus antiguas amistades. Hubo muchos encuentros como el de ahora. En el Savoy, el Claridge's, el Berkeley o el Dorchester. Una comida íntima, llena de afectuosos recuerdos, y un adiós cariñoso y apresurado. Ruth nunca tuvo tiempo para ir a St. Mary Mead, y Miss Marple ni siquiera lo había esperado. Todas las visitas tienen su *tempo*. El de Ruth era *presto*, mientras que Miss Marple tenía que conformarse con el *adagio*.

Por eso era a Ruth a la que veía con más frecuencia, mientras que a Carrie Louise, aunque vivía en Inglaterra, llevaba veinte años sin verla. Extraño, pero en cierto modo natural, porque cuando se vive en el mismo país no es necesario disponer de antemano un encuentro con los viejos amigos. Se supone que más pronto o más tarde uno se tropezará con ellos. Solo que esto no ocurre cuando se vive en esferas distintas, y los caminos de Jane Marple y Carrie Louise no se habían vuelto a cruzar.

—¿Por qué te preocupa Carrie Louise, Ruth? —quiso saber Miss Marple.

—¡Pues eso es precisamente lo que más me preocupa, que no sé nada!

—¿No estará enferma?

—Está muy delicada, como siempre... No digo que esté peor que de costumbre... considerando que más o menos está como nosotras.

—¿Es desgraciada?

—¡Oh, no!

No, no; eso no sería posible, pensó Miss Marple. Era difícil imaginar a Carrie Louise desgraciada... y, sin embargo, hubo algunas temporadas en su vida que debió de serlo. Solo que... la imagen no era muy clara. Aturdimiento..., sí; incredulidad..., también, pero un dolor profundo..., eso no.

Mistress Van Rydock seguía hablando.

—Carrie Louise siempre ha vivido fuera de este mundo. No sabe cómo es. Tal vez sea esto lo que me tiene preocupada.

—Las circunstancias... —comenzó a decir Miss Marple, pero se detuvo meneando la cabeza—. No.

—No, sigue siendo la misma —repuso Ruth Van Rydock—. Carrie Louise siempre fue la única de las dos que tuvo ideales. Claro que es natural tener ideales cuando se es joven... Todas los tuvimos, es propio de la juventud. Tú querías dedicarte a cuidar leprosos, Jane, y yo iba a meterme a monja. Esas cosas se olvidan luego. El matrimonio, me figuro, nos las quita de la cabeza. Sin embargo, no me ha ido tan mal.

Miss Marple pensó que se expresaba con sinceridad. Ruth estuvo casada tres veces, todas con hombres muy ricos, y los divorcios posteriores habían engrosado su cuenta corriente sin amargar su carácter.

—Claro que siempre he sido muy entera —dijo—. Nunca me he dejado abatir por las circunstancias. Nunca esperé demasiado de la vida, y mucho menos de los hombres... y me ha ido muy bien... Así que no les guardo rencor. Tommy y yo seguimos siendo excelentes amigos, y Julius a menudo me pide opinión sobre las operaciones de bolsa. —Su rostro se ensombreció—. Creo que es eso lo que me preocupa de Carrie Louise...

Siempre ha tenido tendencia, ya sabes, a casarse con maniáticos.

—¿Maniáticos?

—Sí, hombres idealistas. Carriè Louise se sentía atraída por los ideales. Ahí la tienes, bonita como una rosa, solo con diecisiete años, escuchando, con los ojos como platos, las explicaciones del viejo Gulbrandsen sobre sus planes para mejorar la raza humana. Tenía cincuenta años, y se casó con él; con un viudo que ya tenía hijos mayores... y todo a causa de sus ideas filantrópicas. Solía escucharle embobada. Como Desdémona y Otelo. Aunque, por fortuna, no hubo ningún Yago que enredara las cosas..., y, de todas formas, Gulbrandsen no era moro, sino sueco o noruego.

Miss Marple asentía pensativa. Gulbrandsen había tenido renombre internacional. Un hombre que, con su capacidad para los negocios y su honradez, había amasado una fortuna tan colosal que realmente la única solución fue emplearla en ayudar a la humanidad. Aquel nombre todavía tenía resonancia. El Trust Gulbrandsen, la Sociedad de Investigaciones Gulbrandsen, los asilos Gulbrandsen y lo más conocido: el Gran Colegio para Hijos de Obreros.

—No se casó con él por su dinero, ya lo sabes —decía Ruth—. Yo sí que lo hubiera hecho, pero no Carrie Louise. No sé lo que habría ocurrido si él no hubiera muerto cuando Carrie tenía treinta y dos años. Es una edad muy buena para una viuda. Se tiene experiencia, y aún se sigue resultando aceptable.

La solterona la escuchaba, asintiendo amablemente, mientras traía a su memoria las viudas que había conocido en el apacible y sosegado pueblecito de St. Mary Mead.

—Me alegré mucho cuando se casó con Johnnie Restarick. Creo que él se casó con Carrie Louise por su dinero... y, si no fue exactamente así, la verdad es que no se hubiera casado con ella de no tenerlo. Johnnie era egoísta, amante del placer y holgazán, pero incluso esto es mucho mejor que ser un maniático idealista. Todo lo que quería era vivir bien. Llevar a Carrie Louise a las mejores modistas, tener yates y automóviles y que se divirtiera a su lado. Esa clase de hombres son una apuesta segura. Dales comodidades y lujos, y estarán sumisos como gatitos y serán encantadores. Yo nunca me tomé muy en serio sus maquetas para escenarios y sus dibujos para decorados teatrales, pero Carrie Louise estaba emocionada... y creía que aquello era Arte con A mayúscula, y la verdad es que le obligó a no abandonar tales actividades, y entonces fue cuando lo engatusó aquella horrible yugoslava con la que se fugó. Si Carrie hubiera esperado y sido un poco comprensiva, él habría vuelto a su lado.

—¿Le afectó mucho? —preguntó Miss Marple.

—Eso es lo más curioso. No creo que le importase gran cosa. Se mantuvo impávida, como debe ser. Ella es tan dulce... Se mostró dispuesta a divorciarse para que él pudiera casarse con aquella mujer, y se ofreció a acoger en su casa a los dos hijos del primer matrimonio de su esposo. Y el pobre Johnnie... tuvo que casarse con la yugoslava, que le dio unos seis meses terribles y le hizo despeñarse en su automóvil por un precipicio en un arranque de desesperación. Dijeron que fue un accidente.

Mistress Van Rydock hizo una pausa y, tomando un espejo de mano, se escudriñó el rostro. Cogió unas pinzas para arrancarse un pelo de la ceja.

—Y luego se le ocurre casarse con el tal Lewis Serrocold. ¡Otro maniático! ¡Otro idealista! Oh, yo no digo que no la quiera..., creo que sí, pero tiene la misma monomanía de querer mejorar la vida de todo el mundo.

—Quisiera saber... —dijo Miss Marple.

—Solo que, naturalmente, hay una moda para esas cosas, lo mismo que para los vestidos. Querida, ¿has visto lo que Christian Dior quiere que llevemos como faldas? ¿Dónde estaba? Ah, sí; hay una moda. Pues bien, también hay moda para la filantropía. En tiempos de Gulbrandsen fue la educación, pero ahora ya pasó a la historia. De eso se encarga el Estado. Todo el mundo espera recibirla como si fuera un derecho... y no se preocupa mucho de ella cuando ya la tiene. La delincuencia juvenil es lo que se lleva ahora. Esos jóvenes criminales y asesinos en potencia. Todo el mundo se interesa por ellos. Si vieras los ojos de Lewis Serrocold brillando a través de sus gruesas gafas... ¡Está loco de entusiasmo! Es uno de esos hombres de voluntad extraordinaria a quienes les gustaría vivir comiendo un plátano y una tostada, y poner todas sus energías al servicio de una causa. Y Carrie Louise se entusiasmó..., como siempre. Pero no me gusta, Jane. Se reunieron todos los simpatizantes y han convertido la casa en un establecimiento para reformar a esos jóvenes delincuentes, con psiquiatras, psicólogos y todo eso. Y allí están Lewis y Carrie Louise viviendo rodeados de esos muchachos... que tal vez no sean del todo normales. Y la casa llena de médicos, analistas y entusiastas, la mitad de ellos completamente locos. Y mi pobre Carrie Louise en medio de todo eso.

Se detuvo y miró a Miss Marple, esperando su comentario, pero esta se limitó a manifestar:

—Todavía no me has dicho qué es lo que temes en realidad.

—¡Ya te he dicho que no lo sé! Y eso es lo que me preocupa. Acabo de venir de allí..., les hice una visita muy corta, pero me di cuenta de que algo va mal. Lo noté en el ambiente, en la casa... Sé que no me equivoco. Soy muy sensible para estas cosas, siempre lo he sido. ¿Te he dicho alguna vez que hice que Julius vendiera sus acciones de Cereales Amalgamados antes de que se hundieran? ¿Y no tuve razón? Sí, allí ocurre algo raro. No te puedo decir el qué. Lewis está viviendo para sus ideales sin darse cuenta de nada más, y Carrie Louise, Dios la bendiga, sin ver ni oír otra cosa, ni pensar en nada que no sea un paisaje, un sonido o una idea encantadora. Es muy dulce, pero carece de sentido práctico. Allí ocurre algo... y quiero que tú, Jane, vayas y averigües de qué se trata.

—¡¿Yo?! —exclamó Miss Marple—. ¿Por qué precisamente yo?

—Porque tienes un buen olfato para estas cosas.

Siempre lo has tenido. Eres una criatura de aspecto inocente, Jane, y, sin embargo, nada te sorprende nunca. Siempre piensas en lo peor.

—Lo peor es tan a menudo la verdad... —murmuró Miss Marple.

—No puedo imaginar por qué tienes una idea tan pobre de los seres humanos... viviendo en un pueblecito tan apacible como el tuyo, de tan viejas y puras costumbres.

—Nunca has vivido en un pueblo, Ruth. Es probable que te sorprendieran las cosas que ocurren en un lugar tan apacible.

—Oh, eso no tiene nada de particular. Lo que digo es que a ti no te sorprenden. Por eso quiero que vayas a Stonygates y averigües qué es lo que no anda bien, ¿lo harás?

—Pero, querida Ruth, eso será muy difícil.

—No, no lo es. Ya lo he pensado. Si no te enfadas conmigo, te diré que ya he preparado el terreno.

Mistress Van Rydock miró inquieta a Jane y encendió un cigarrillo poco antes de empezar a dar explicaciones.

—Tendrás que admitir que después de la guerra las cosas se han puesto difíciles en este país para las personas sin demasiado dinero..., es decir, para personas como tú, Jane.

—Oh, sí, desde luego. De no ser por la amabilidad de mi sobrino Raymond, no sé qué sería de mí.

—No importa tu sobrino —repuso Mistress Van Rydock—. Carrie Louise no sabe nada de él... o si ha oído hablar de él solo le conoce como escritor y no tiene ni idea de que sea sobrino tuyo. El caso es que le dije a Carrie Louise que las cosas se habían puesto muy feas para ti. Que algunas veces apenas comías lo suficiente y que eras demasiado orgullosa para pedir ayuda a las viejas amigas, por lo que no era prudente ofrecerte dinero, pero sí una temporadita de descanso en los alrededores, con una antigua amiga y buenos alimentos, sin molestias ni preocupaciones. —Ruth hizo una pausa y agregó desafiándola—: Ahora, enfádate si quieres...

Miss Marple abrió sus ojos de azul porcelana mostrando una agradable sorpresa.

—Pero ¿por qué iba a enfadarme contigo, Ruth? Ha sido una idea muy ingeniosa y verosímil. Estoy segura de que Carrie Louise responderá.

—Te he escrito. Encontrarás la carta cuando regreses. La verdad, Jane, ¿no crees que me he tomado una libertad imperdonable? ¿No te importará...?

Vacilaba y fue Jane Marple quien continuó la frase.

—¿... ir a Stonygates invitada por una caridad más o menos fingida? En absoluto, si es preciso. Tú lo crees necesario... y yo también me siento inclinada a creerlo.

Ruth Van Rydock la miró extrañada.

—Pero ¿por qué? ¿Qué es lo que has oído?

—Nada. Es por tu convicción. Tú no eres una mujer imaginativa, Ruth.

—No, pero no tengo nada en que basarme.

—Recuerdo —dijo pensativa Miss Marple— un domingo por la mañana en misa... Era el segundo domingo de Adviento, estaba sentada detrás de Grace Lamble y comencé a preocuparme por ella, completamente convencida de que le ocurría algo... bastante malo... y, sin embargo, no supe decir por qué. Era un sentimiento perturbador y muy definido. Lo sé.

—¿Y le ocurrió algo?

—Oh, sí. Su padre, el viejo almirante, llevaba una temporada muy raro, y al día siguiente se abalanzó sobre ella con un martillo, gritando que era el Anticristo. Casi la mata. Se lo llevaron a un manicomio y ella se repuso después de una larga temporada de tratamiento en un hospital.

—¿Y tú tuviste ese presentimiento aquel día cuando la viste en misa?

—Yo no lo llamaría así. Se fundaba en un hecho, esas cosas suelen ocurrir así, aunque no sabemos reconocerlas a su debido tiempo. Llevaba el sombrero mal puesto. Esto era muy significativo, porque Grace Lamble era una mujer muy metódica, y nada distraída..., y las circunstancias que hicieron que no se diera cuenta de cómo llevaba el sombrero fueron muy importantes. Su padre le había arrojado un pisapapeles de mármol, que no le dio, pero rompió el espejo. Ella cogió el sombrero a toda prisa y se lo puso antes de salir corriendo, para guardar las apariencias delante de los criados. Atribuía estas acciones al «temperamento naval del pobre papá», no se daba cuenta de que el viejo había perdido el juicio, a pesar de que era evidente. Siempre se quejaba de que le espiaban y creía que todos eran sus enemigos... Los síntomas habituales.

Ruth miró a su amiga con respeto.

—Es posible que St. Mary Mead no sea un lugar tan idílico como yo había imaginado —dijo.

—Los seres humanos, querida, son iguales en todas partes. En una ciudad es más difícil observarlos de cerca, eso es todo.

—¿Irás a Stonygates?

—Iré. Tal vez sea un poco ingrata con mi sobrino Raymond, al dejar que crean que no me ayuda. Sin embargo, ahora está en México, donde pasará seis meses. Y en ese tiempo ya habrá terminado todo.

—¿Qué es lo que habrá terminado?

—No aceptaré la invitación de Carrie Louise por tiempo indefinido. Tres semanas, puede que un mes. Será suficiente.

—¿Hasta que averigües lo que anda mal?

—Sí.

—Querida Jane, estás muy segura de ti misma, ¿no?

Miss Marple la miró con cierto reproche.

—Tú lo estás de mí, Ruth. O eso has dado a entender... Solo puedo asegurarte que haré lo posible por justificar tu confianza.

Capítulo 2

Antes de coger el tren de regreso a St. Mary Mead (los viernes el billete era más barato), Miss Marple, de un modo preciso y llena de interés, quiso conocer algunos datos.

—Carrie Louise y yo hemos mantenido cierta correspondencia, pero puede decirse que nos hemos limitado a felicitarnos las Pascuas. Por eso quisiera, querida Ruth, que me dieras una idea exacta de las personas que puedo hallar en esa casa de Stonygates.

—Bien, ya sabes que Carrie Louise se casó con Gulbrandsen. No tuvieron hijos y ella se lo tomó muy a pecho. Gulbrandsen era viudo y tenía tres hijos mayores. Con el tiempo adoptaron una niña. La llamaron Pippa..., una criatura encantadora. Solo tenía dos años cuando la llevaron a su casa.

—¿De dónde procedía? ¿Quiénes eran sus padres?

—La verdad, ahora no lo recuerdo, si es que lo supe alguna vez. Tal vez de un orfanato, o puede que tuvieran conocimiento de alguna criatura a quien sus padres no querían... ¿Por qué? ¿Crees que eso es importante?

—Bueno, a una siempre le gusta conocer los detalles, por así decirlo. Pero continúa, por favor.

—Lo que sé de lo que ocurrió a continuación es que Carrie Louise descubrió que después de todo iba a tener un hijo. Tengo entendido que eso sucede muy a menudo.

Miss Marple asintió.

—Eso creo.

—De todas maneras, así ocurrió, y Carrie Louise se sintió desconcertada..., no sé si me comprendes. De haber ocurrido antes..., pero entonces había entregado su cariño a Pippa y le pareció que aquello la desplazaba, por así decirlo. Cuando nació Mildred, era realmente una niña muy poco atractiva. Se parecía a los Gulbrandsen, que eran muy dignos y fuertes, pero de facciones ordinarias. Carrie Louise procuró siempre que no hubiera diferencias entre su hija biológica y la adoptiva, tanto que yo creo que tendía a inclinarse hacia Pippa, y sospecho que algunas veces Mildred se daba cuenta de ello. No obstante, yo no los veía muy a menudo. Pippa creció y se convirtió en una muchacha muy hermosa, y Mildred siguió siendo menos atractiva. Eric Gulbrandsen murió cuando Mildred tenía quince años y Pippa dieciocho. A los veinte, Pippa se casó con un italiano, el marqués de San Severiano... Oh, desde luego, un marqués auténtico, no un aventurero ni nada parecido. Ella iba camino de convertirse en una heredera, naturalmente, de otro modo San Severiano no se hubiera casado con ella, ¡ya sabes cómo son los italianos! Gulbrandsen dejó una cantidad en custodia para su hija igual a la de Pippa. Mildred contrajo matrimonio con un pastor protestante llamado Strete, un hombre agradable y propenso a los resfriados. Le llevaba unos diez o quince años. Creo que fueron felices. Él murió hace un año y Mildred ha regresado a Stonygates para vivir con su madre. Pero voy demasiado deprisa; me he dejado un par de bodas. Volveré atrás. Pippa se casó con un italiano. Carrie Louise estuvo muy contenta con ese enlace. Guido era guapo y educado, y además un excelente deportista. Un año después, Pippa falleció al dar a luz a una niña. Fue una tragedia terrible y Guido di San Severiano quedó muy abatido. Carrie Louise viajaba a Italia con cierta frecuencia, y en Roma conoció a Johnnie Restarick y se casó con él. El marqués contrajo nuevas nupcias y no se opuso a que su hijita fuera educada en Inglaterra por su abuela, inmensamente rica. Así que se instalaron todos en Stonygates: Johnnie y sus dos hijos, Alexis y Stephen, fruto del primer matrimonio de Johnnie con una rusa, y la pequeña Gina. Mildred se casó poco después con el pastor. Luego vino todo aquel asunto de Johnnie y la yugoslava, y el divorcio. Los muchachos siguieron yendo a Stonygates a pasar los fines de semana, apreciaban mucho a Carrie Louise, y en 1938, me parece, Carrie Louise contrajo matrimonio con Lewis.

Mistress Van Rydock hizo una pausa.

—¿No conoces a Lewis?

—No, creo que la última vez que vi a Carrie Louise fue en 1928. Fue muy agradable y me llevó a Covent Garden, a la ópera.

—Oh, sí. Bien, Lewis era la persona más adecuada para casarse con ella. Era el director de una conocida firma: el Instituto de Contables. Tengo entendido que primero se conocieron por cuestiones financieras del Trust Gulbrandsen y el colegio. Era de su misma edad, un hombre de vida intachable, pero muy maniático. Estaba completamente obsesionado con la idea de redimir a los jóvenes delincuentes.

Ruth Van Rydock suspiró.

—Como acabo de decirte, Jane, también hay modas en la filantropía. En tiempos de Gulbrandsen fue la educación; anteriormente, las cocinas donde se repartía sopa...

Miss Marple asintió con la cabeza.

—Sí, desde luego. Se les llevaba a los enfermos vino de Oporto, jalea y caldo de cabeza de ternera... Mi madre solía hacerlo.

—Eso está bien. Alimentando el cuerpo se conseguía alimentar la inteligencia. Todo el mundo se volvió loco por la educación de las clases modestas. En el futuro presumo que la moda será no educar a los niños y conservarlos en su ignorancia hasta los dieciocho años. De todas formas, el Trust Gulbrandsen y el Instituto de Educación encontraron dificultades, pues el Estado iba asumiendo su tarea. Entonces llegó Lewis, con su entusiasmo apasionado por la enseñanza y la reforma de los delincuentes jóvenes. Supongo que empezó a interesarse por este asunto cuando trabajaba como interventor de cuentas, descubriendo a jovencitos que con gran astucia habían perpetrado fraudes. Se fue convenciendo cada vez más de que los jóvenes delincuentes no eran como los demás, sino que tenían cerebros privilegiados y raras habilidades, y que únicamente necesitaban que alguien los orientara para que resultasen útiles a la sociedad.

—Puede que haya algo de eso —repuso Miss Marple—. Pero no es del todo cierto. Recuerdo...

Se interrumpió, mirando su reloj.

—¡Oh, Dios mío...! Voy a perder el tren de las seis y media.

Ruth Van Rydock se apresuró a preguntar:

—Pero ¿irás a Stonygates?

Mientras recogía su bolso y el paraguas, Miss Marple le contestó:

—Si Carrie Louise me invita...

—Te invitará. ¿Irás? ¿Me lo prometes, Jane?

Jane Marple lo prometió.

Capítulo 3

Miss Marple se apeó del tren en la estación de Market Kindle. Un viajero muy amable la ayudó a bajar las maletas, una cesta de mimbre, un maletín de cuero deslucido y varios bultos más. Ella balbuceó unas frases de agradecimiento:

—Es usted muy amable... Es tan difícil hoy en día..., no hay muchos mozos. Me quedo tan aturdida cuando viajo...

Sus palabras quedaron ahogadas por los altavoces que anunciaban que el tren de las tres y diez estaba en el andén 1 e iba a salir de inmediato.

Market Kindle era una gran estación desierta y barrida por el viento. Tenía seis andenes, y en uno de ellos había un tren con un solo vagón cuya máquina dejaba escapar el vapor para darse importancia.

Miss Marple, peor vestida que de costumbre —por suerte no había regalado todavía aquel traje viejo—, miró indecisa a su alrededor y vio a un hombre joven que iba a su encuentro.

—¿Miss Marple? —preguntó aquel joven. Su voz tenía un tono teatral inesperado, como si el pronunciar su nombre formase parte de un papel que representara en una función de aficionados—. Vengo de Stonygates... para recibirla.

Miss Marple le miraba agradecida, parecía una anciana encantadora e inofensiva con unos ojos azules muy pícaros, como tuvo ocasión de observar el joven, cuya personalidad no estaba en consonancia con su voz. Era algo poco importante, podríamos decir que casi insignificante. Sus párpados se abrían y cerraban incesantemente debido a un tic nervioso.

—Oh, gracias —repuso Miss Marple—. Solo traigo este equipaje.

Observó que el joven hizo una seña a un mozo que pasaba con un carrito lleno de bultos y maletas.

—Lleve todo esto a Stonygates, haga el favor —le dijo, dándose importancia.

—Enseguida. No tardaré —aseguró el mozo alegre.

Miss Marple tuvo la impresión de que a su nuevo conocido no le gustó demasiado aquella confianza.

—¡Estos empleados se ponen cada día más imposibles! —exclamó el joven.

Mientras guiaba a Miss Marple hacia la salida, se presentó:

—Soy Edgar Lawson. Mistress Serrocold me ha pedido que viniera a buscarla. Soy el ayudante de Mister Serrocold.

Y, de nuevo, percibió la ligera insinuación de que un hombre importante y tan ocupado como él había dejado a un lado su trabajo para atender caballerosamente un encargo de la esposa de su jefe. Y una vez más su expresión no fue del todo convincente, sino que tuvo cierto resabio teatral.

Miss Marple comenzó a hacer cábalas sobre Edgar Lawson.

Salieron de la estación y el joven la acompañó hasta un Ford ocho cilindros bastante destartalado.

—¿Quiere sentarse delante conmigo o prefiere ir detrás? —le estaba diciendo cuando los interrumpieron.

Un Rolls Bentley de dos plazas, completamente nuevo, llegó a toda velocidad y se detuvo delante del Ford. Una joven muy atractiva se apeó del coche para acercarse a ellos. Llevaba pantalones de pana y camisa de cuello abierto.

—Hola, Edgar. Pensaba que no llegaría a tiempo. Ya veo que ha recogido a Miss Marple. He venido a buscarla. —Sonrió mostrando una hilera de dientes perfectos que resaltaban en su rostro tostado por el sol—. Soy Gina —dijo a Miss Marple—. Carrie Louise es mi abuela. ¿Cómo ha ido el viaje? ¿Muy cansado? ¡Qué cesta de mimbre tan bonita! Me encantan las cestas de mimbre. Yo la llevaré, y también los abrigos, así podrá subir al coche con más comodidad.

Edgar enrojeció protestando:

—Escuche, Gina. Yo he venido a recoger a Miss Marple. Así lo dispusimos...

De nuevo la muchacha volvió a lucir su dentadura en una sonrisa indolente.

—Oh, ya lo sé, Edgar, pero de pronto se me ha ocurrido venir. La llevaré en mi coche y usted puede esperar y recoger las maletas.

Cerró la portezuela tras Miss Marple y corrió a subir por el otro lado. De un salto se puso ante el volante y arrancó a toda marcha.

Mirando hacia atrás, Miss Marple pudo darse cuenta de la expresión de Edgar Lawson.

—No creo que esto le haya gustado a Mister Lawson, querida.

Gina se echó a reír.

—Edgar es un tonto. Siempre lo exagera todo. La verdad es que se cree muy importante...

—¿Y no lo es? —quiso saber Miss Marple.

—¿Edgar? —La voz de Gina y su risa tenían una nota de crueldad inconsciente—. Oh, de todas formas todos están locos.

—¿Locos?

—Sí, todos los de Stonygates —repuso Gina—. No me refiero a Lewis, la abuelita, los muchachos, ni a mí..., ni tampoco a Miss Bellever, naturalmente, pero sí a los otros. Algunas veces creo que yo también voy a volverme loca viviendo aquí. Incluso la tía Mildred habla sola cuando se pasea, y eso no es lo más normal en la viuda de un pastor, ¿verdad?

Una vez que dejaron atrás la estación, enfilaron una carretera perfectamente pavimentada. Gina dirigió una mirada de soslayo a su compañera.

—Usted fue al colegio con la abuelita, ¿verdad? ¡Qué extraño me parece!

Miss Marple supo muy bien lo que Gina había querido decir. A las chicas de hoy les cuesta creer que las ancianas fueron jóvenes alguna vez, que llevaron tirabuzones y tuvieron que luchar con los decimales y la literatura.

—Debió de ser hace mucho tiempo —dijo la muchacha con asombro y sin intención de molestar.

—Sí, desde luego. Lo dice más por mí que por su abuela, ¿no es así?

Gina asintió:

—Es curioso que usted diga eso. Ya sabe, la abuelita da la sensación de no tener edad, pese a sus años.

—Hace mucho tiempo que no la veo. Me pregunto si la encontraré muy cambiada.

—Tiene el cabello gris, por supuesto —explicó Gina—, y camina con un bastón a causa de su artritis. Últimamente ha empeorado mucho. Supongo que... —Se interrumpió y preguntó—: ¿Ha estado en Stonygates?

—No, nunca. Pero, claro, he oído decir muchas cosas de ese lugar.

—La verdad es que es horrible —repuso Gina alegre—. Una especie de monstruosidad gótica. Pero también es divertido en cierto modo. Solo que todo está desquiciado y uno se tropieza a cada momento con psiquiatras que se divierten de lo lindo. Son bastante parecidos a los que lideran los *boy scouts*, solo que peores. Los jóvenes delincuentes son muy animados, por lo menos algunos. Uno me enseñó a abrir los cerrojos de las puertas con un trozo de alambre, y otro niño, de rostro angelical, varios trucos para engañar a la gente.

Miss Marple se quedó pensando en lo que la joven le contaba.

—Es el tipo de criminal que más me gusta —declaró Gina—. Los estrambóticos no me resultan simpáticos. Claro que Lewis y el doctor Maverick creen que todos lo son debido a deseos reprimidos y a la vida desordenada de los hogares que sus madres abandonaron por irse con los soldados, etcétera. Yo no lo comprendo, porque muchas personas llevan una vida terrible en sus casas y no obstante logran salir adelante muy bien.

—Estoy segura de que es un problema muy difícil de solucionar —dijo Miss Marple.

Gina volvió a reír, enseñando su espléndida dentadura.

—A mí no me preocupa gran cosa. Me figuro que algunas personas tienen esa especie de obsesión por conseguir un mundo mejor. Lewis está completamente dominado por esa idea... Va a ir a Aberdeen la semana próxima para presenciar el juicio contra un muchacho acusado de cinco delitos.

—¿Y ese joven que ha venido a esperarme a la estación? Mister Lawson. Me ha dicho que ayuda a Mister Serrocold. ¿Es su secretario?

—Oh, Edgar no tiene inteligencia suficiente para ser su secretario. Es un caso. Solía hospedarse en los hoteles haciéndose pasar por una personalidad o un piloto de guerra, pedía dinero prestado y luego salía huyendo. Creo que es un indeseable. Pero Lewis emplea con todos el mismo sistema. Los hace sentirse como de la familia. Les da trabajo y lleva a cabo todo lo necesario para estimular su sentido de la responsabilidad. Me atrevo a decir que algún día cualquiera de ellos nos asesinará. —Gina rio alegremente.

Miss Marple no acertó a sonreír.

Pasaron por una puerta de hierro impresionante, donde un portero hacía guardia de pie en actitud marcial, y recorrieron una avenida bordeada de rododendros. El camino estaba en malas condiciones, y los parterres, descuidados.

Interpretando los pensamientos de su compañera, Gina indicó:

—No había jardineros durante la guerra, y luego ya no nos hemos vuelto a preocupar; por eso tiene un aspecto salvaje.

Tomaron una curva y apareció Stonygates en todo su esplendor. Era, como bien había dicho Gina, un vasto edificio gótico victoriano, una especie de templo de la plutocracia. Con fines filantrópicos se le añadieron varias alas y construcciones anexas, que aunque no consiguieron disimular su estilo, le habían robado cohesión y armonía.

—Horrible, ¿no? —señaló Gina—. La abuelita está en la terraza. Pararé aquí y usted puede ir a su encuentro.

Miss Marple avanzó por la terraza al encuentro de su antigua amiga.

A distancia la menuda figura parecía casi infantil, a

pesar del bastón en que se apoyaba y de su marcha lenta y dificultosa. Era como si una jovencita estuviera imitando con exageración a una anciana.

—Jane —dijo Mistress Serrocold.

—Mi querida Carrie Louise.

Sí, inconfundiblemente era Carrie Louise. Apenas algo cambiada, todavía joven, cosa que parecía imposible, ya que, al contrario que su hermana, no usaba cosméticos ni artificios para rejuvenecerse. Sus cabellos eran grises, pero siempre los tuvo de un rubio ceniza y el color apenas había cambiado. Su cutis seguía siendo blanco y sonrosado como el pétalo de una flor, aunque ahora estuviera arrugado. Sus ojos conservaban su mirada franca e inocente. Su figura era esbelta, parecía una niña, y aún ladeaba la cabeza como un pájaro.

—No sabes cómo me reprocho el no haberte llamado antes —le aseguró Carrie Louise con su dulce voz—. Hace años que no nos vemos, querida Jane. Me alegro de que al fin hayas venido a hacernos una visita.

Desde el extremo de la terraza, Gina gritó:

—¡Tienes que entrar, abuelita. Está refrescando, y Jolly se pondrá furiosa!

Carrie Louise dejó oír su risa cristalina.

—Se preocupan tanto por mí que no hacen más que recordarme que soy una vieja.

—¿Y tú no te sientes vieja?

—No, Jane. A pesar de todos mis achaques y dolores, y tengo muchos, en mi interior me sigo sintiendo una jovencita como Gina. Tal vez le suceda lo mismo a todo el mundo. El espejo les dice lo viejos que son y ellos no quieren creerlo. Me parece que hace solo unos pocos meses que estábamos en Florencia. ¿Te acuerdas de Fräulein Schweich y sus botas?

Las dos ancianas rieron juntas comentando sucesos que habían tenido lugar casi medio siglo atrás.

Entraron en la casa por una puerta lateral. Allí se reunieron con una mujer ya mayor, de nariz arrogante, cabellos cortos, delgada y vestida con un traje de chaqueta de buen corte, que afirmó con voz firme:

—Es una locura, Cara, que esté usted fuera hasta tan tarde. Es incapaz de cuidar de sí misma. ¿Qué dirá Mister Serrocold?

—No me riñas, Jolly —le dijo con dulzura Carrie Louise antes de presentársela a Miss Marple.

—Esta es Miss Bellever, que lo es todo para mí. Niñera, cancerbera, secretaria, ama de llaves y una amiga de verdad.

Juliet Bellever aspiró con fuerza, y la punta de su nariz enrojeció, evidente señal de intensa emoción.

—Hago lo que puedo —repuso con aspereza—. Llevar esta casa es algo terrible. No es posible organizar un plan ni seguir una rutina.

—Querida Jolly, claro que no es posible. Me pregunto por qué lo intentas siquiera. ¿Dónde vas a instalar a Miss Marple?

—En el cuarto azul. ¿Quiere que acompañe arriba a Miss Marple?

—Sí, por favor, Jolly. Y luego hazla bajar a la hora del té. Creo que hoy lo tomaremos en la biblioteca.

El cuarto azul tenía unos pesados cortinajes de rico brocado azul desvaído, que según Miss Marple debían de contar unos cincuenta años. Los muebles eran de caoba, sólidos y de gran tamaño, y la cama tenía cuatro columnas, también de caoba.

Miss Bellever abrió una puerta que daba a un cuarto de baño inesperadamente moderno, de color orquídea y con muchos detalles cromados, y le contó:

—Johnnie Restarick, cuando se casó con Carrie Louise, hizo instalar diez cuartos de baño en la casa. Es lo único que se ha reformado. No quería ni oír hablar de tocar lo demás... Decía que era una muestra perfecta del estilo de la época. ¿No le conoció?

—No. Mistress Serrocold y yo nos hemos visto muy poco, aunque siempre nos escribíamos.

—Era un hombre muy agradable —dijo Miss Bellever—. ¡No era buena persona, desde luego! Era un indeseable, pero alegraba la casa. Tenía un gran encanto, gustaba a las mujeres, quizá demasiado. Esa fue su desgracia. No era el tipo de Cara.

Y añadió, volviendo bruscamente a sus modales prácticos:

—La camarera le deshará las maletas. ¿Desea lavarse antes de tomar el té?

Después de recibir una respuesta afirmativa, le indicó que la esperaría al pie de la escalera.

Jane Marple entró en el cuarto de baño para lavarse las manos y se las secó algo nerviosa en una toalla de color orquídea. Luego se atusó sus suaves cabellos blancos y retocó la posición del sombrero.

Al abrir la puerta, Miss Bellever, que la estaba esperando, la acompañó por la tétrica escalera y el amplio y oscuro vestíbulo hasta una habitación donde las estanterías llenas de libros cubrían las paredes. Una gran ventana daba a un lago artificial.

Carrie Louise estaba de pie junto al ventanal y Miss Marple fue a colocarse a su lado.

—Esta casa impresiona —le dijo—. Casi me siento perdida en ella.

—Sí, me lo figuro. La verdad, es ridícula. La edificó un herrero muy rico, o algo así. No tardó en arruinarse. No me extraña. Había unos catorce salones, todos enormes. Nunca he comprendido para qué necesita la gente más de una sala. ¡Cuánto espacio innecesario! Mi cuarto es imponente, cansa andar desde la cama hasta el tocador. Y esas cortinas tan pesadas de terciopelo granate...

—¿No lo has reformado y vuelto a decorar?

Carrie Louise pareció sorprenderse por la pregunta de su amiga.

—No. En conjunto está casi igual a como estaba cuando vivía Eric. Claro que se ha vuelto a pintar, pero siempre del mismo color. Esas cosas no importan en realidad, ¿no te parece? Quiero decir que no me hubiera parecido bien gastar el dinero en esto cuando hay tantas cosas mucho más importantes.

—¿No se ha hecho ningún cambio en ninguna parte de la casa?

—Oh, sí, muchísimos. Solo hemos conservado la parte central tal como estaba: el Gran Vestíbulo, las habitaciones que hay alrededor y las de encima. Ahí es donde están las mejores y Johnnie, mi segundo esposo, estaba encantado con ellas, y dijo que nunca consentiría que se tocasen o cambiasen..., y él era un artista dibujante entendido en estas cosas. Pero las alas este y oeste han sido completamente reformadas. Todas las habitaciones fueron divididas para poder instalar oficinas y dormitorios para los profesores y demás. Los chicos están en el edificio que llamamos colegio... Puedes verlo desde aquí.

Miss Marple contempló las grandes construcciones de ladrillos rojos que se divisaban a través del cinturón de árboles. Luego sus ojos se posaron en algo más cercano y sonrió.

—Gina es una mujer encantadora —afirmó.

El rostro de Carrie Louise se iluminó.

—Sí, ¿verdad? —respondió con suavidad—. Es muy agradable volver a tenerla aquí. La envié a Estados Unidos a principios de la guerra, junto a Ruth. ¿No te ha hablado de ella?

—No. Se limitó a mencionarla.

—¡Pobre Ruth! —Carrie Louise suspiró—. Estaba terriblemente preocupada por la boda de Gina. Pero le he dicho una y otra vez que yo no se lo reprocho en absoluto. Ruth no comprende, como yo, que las antiguas barreras y diferencias de clase han desaparecido... o van desapareciendo. Gina estaba sirviendo durante la guerra cuando conoció a su marido. Era un marino con una buena hoja de servicios, y una semana más tarde se casaron. Claro que todo fue demasiado rápido, y no tuvieron tiempo para ver si congeniaban, pero así es como ocurren las cosas hoy en día. Los jóvenes pertenecen a esta generación. Nosotros podemos considerar equivocada su manera de proceder, pero no tenemos más remedio que aceptar sus decisiones. No obstante, mi hermana se disgustó mucho.

—¿No le gustaba ese marino?

—Todavía sigue diciendo que nadie sabe nada de él. Vino del Medio Oeste y no tenía dinero... ni profesión, naturalmente. Hay cientos de muchachos así por todas partes... Pero no era esa la idea que Ruth tenía del hombre conveniente para Gina. Sin embargo, ya no había remedio. ¡Me alegré tanto cuando Gina aceptó mi invitación para que viniera con su esposo! Aquí hay mucho que hacer, trabajos de toda clase, y si Walter quiere especializarse en Medicina o graduarse, u obtener algún título, puede hacerlo en este país. Después de todo, esta es la casa de Gina. Es maravilloso que esté aquí, una persona tan cariñosa, alegre y llena de vida...

Miss Marple asintió con la cabeza y, volviendo a mirar por la ventana, contempló a los dos jóvenes de pie, cerca del lago.

—Hacen una pareja estupenda —dijo—. ¡No me extraña que Gina se enamorara de él!

—Oh, pero ese... ese no es Wally. —Hubo cierto embarazo en la voz de Mistress Serrocold—. Ese es Stephen, el hijo menor de Johnnie Restarick. Cuando Johnnie..., cuando se marchó, los muchachos no tenían dónde pasar las vacaciones, por eso vinieron aquí. Están como en su casa. Y ahora Stephen vive siempre aquí, pues se ocupa de las representaciones dramáticas. ¿Sabes?, tenemos un teatro, y representamos comedias para fomentar las aficiones artísticas de los jóvenes. Lewis dice que muchos de sus crímenes son debidos al deseo de exhibirse. Son muchachos que llevan una vida familiar desgraciada, y sus atracos y robos los hacen sentirse héroes. Los animamos a escribir ellos mismos las obras, a representarlas y a dibujar y pintar los decorados. Stephen es quien dirige el teatro. Es un tipo inteligente y entusiasta. Resulta admirable el empeño que pone en su cometido.

—Ya... —repuso Miss Marple distraída.

Su vista seguía siendo excelente (como muchos de sus vecinos habían podido comprobar a su pesar en el pueblecito de St. Mary Mead) y vio claramente el hermoso rostro moreno de Stephen Restarick entusiasmado mientras miraba a Gina. A la muchacha no podía verle la cara, puesto que estaba de espaldas, pero la expresión de Stephen Restarick no dejaba lugar a dudas.

—No es asunto mío —dijo Miss Marple—, pero me figuro, Carrie Louise, que te habrás dado cuenta de que está enamorado de ella.

—Oh, no... —Carrie Louise pareció preocupada—. Oh, no. Espero que no.

—Tú siempre estás en las nubes, Carrie Louise —manifestó Miss Marple.

Capítulo 4

I

Antes de que Mistress Serrocold pudiera contestar, entró su esposo en la habitación con algunas cartas abiertas en la mano. Lewis Serrocold era un hombre de corta estatura, sin ningún rasgo sobresaliente, pero con una personalidad que le hacía destacar de inmediato. Ruth había dicho una vez hablando de él que, más que un hombre, parecía una dinamo. Solía concentrarse en sus ideas, sin prestar atención a los objetos o personas que le rodeaban.

—Una mala noticia, querida —le dijo—. Ese muchacho, Jackie Flinta, ha vuelto a las andadas. Y yo creí realmente que tenía intención de enmendarse esta vez si le daba una oportunidad. Parecía deseoso de hacerlo. Ya sabes que descubrimos su afición a los ferrocarriles, y Maverick y yo estuvimos de acuerdo en que si le conseguíamos un empleo en los ferrocarriles, lo desempeñaría bien. Pero la historia se repite. Robos insignificantes en los paquetes de las oficinas. Ni siquiera cosas que pudiera vender o deseara para sí mismo. Eso demuestra que debe de ser algo psicológico. La verdad, no hemos sabido dar con la raíz de su problema. Pero no me doy por vencido.

—Lewis, esta es mi amiga de juventud Jane Marple.

—Oh, ¿cómo está usted? —dijo Mister Serrocold distraído—. Tanto gusto... Le llevarán a juicio, claro. —Volvió a su idea—. Un muchacho agradable, no demasiado inteligente, pero sí un chico muy simpático. Vino de una casa incalificable. Yo...

De pronto se interrumpió, y la dinamo se dirigió a la invitada.

—Vaya, Miss Marple, me alegro de que haya venido a pasar una temporadita con nosotros. A Caroline le encantará tener a una amiga de los viejos tiempos con quien intercambiar recuerdos. Esto es algo triste para ella, con esas historias tan deprimentes de esos pobres niños. Esperamos que se quede usted mucho tiempo con nosotros.

Miss Marple pudo apreciar su magnetismo y comprendió lo atractivo que debía de resultar para su amiga. No dudó ni por un momento de que Lewis era de esos hombres que anteponen sus ideales ante la gente. Podía resultar irritante para algunas mujeres, pero no para Carrie Louise.

Lewis Serrocold agitó otra carta.

—De todas formas, también hay alguna buena noticia. Esta es del Banco Somerset, de Wiltshire. Morris se está portando muy bien. Están muy satisfechos con él y van a ascenderle el mes que viene. Siempre dije que lo único que necesitaba era sentirse responsable..., eso, saber manejar dinero y lo que esto significa.

Se volvió hacia Miss Marple.

—La mitad de esos muchachos no saben lo que es el dinero. Para ellos representa un medio para ir al cine, o a la cárcel, y les parece excitante el saberlo escamotear. Bien, yo creo que..., ¿cómo diría?, restregándoselo por las narices, enseñándoles contabilidad, aritmética, enseñándoles toda la poesía del dinero, por así decirlo, se los puede curar. Darles habilidades y luego responsabilidad, dejar que lo manejen oficialmente. Nuestros grandes éxitos los obtuvimos de este modo, solo dos casos nos fallaron entre treinta y ocho. Uno es el primer cajero de una sociedad de droguerías, un cargo de mucha responsabilidad...

Se interrumpió para decir a su esposa:

—Tomaremos el té dentro, querida.

—Creía que iba a ser aquí. Se lo he dicho a Jolly.

—No, en el vestíbulo. Los demás están allí.

—Pensé que estarían todos fuera.

Carrie Louise tomó del brazo a Miss Marple y entraron en el Gran Vestíbulo. Las tacitas estaban amontonadas en una bandeja, de cualquier manera, unas blancas, mezcladas con otras de color, que debían de ser restos de vajillas de Rockingham y Spode. Había también una barra de pan, dos tarros de mermelada y algunos pasteles baratos y de mal aspecto. Una mujer de mediana edad y cabellos grises estaba sentada junto a la mesita del té, y Mistress Serrocold la presentó diciendo:

—Esta es Mildred, Jane. Mi hija Mildred. No la has visto desde que era una niña muy pequeña.

Mildred Strete era la persona más en consonancia con aquella casa que Miss Marple podía imaginar. Daba la impresión de ser muy seria y desgraciada. Se había casado cerca de los cuarenta con un pastor de la Iglesia anglicana del que ahora era viuda. Tenía todo el aspecto de esa clase de viudas, respetable pero ligeramente aburrida. Era una mujer fea, de rostro grande e inexpresivo y mirada triste. Miss Marple recordó que había sido una niña muy poco atractiva.

—Y este es Wally Hudd, el esposo de Gina.

Wally era un joven robusto con el pelo cortado como un cepillo y expresión huraña. Hizo una ligera inclinación de cabeza y siguió comiendo el pastel.

Entonces entró Gina acompañada de Stephen Restarick. Parecían muy animados.

—Gina ha tenido una idea magnífica para resolver ese decorado —dijo Stephen—. ¿Sabes, Gina, que tienes vocación para diseñar ese tipo de cosas?

Gina rio, al parecer muy complacida. Edgar Lawson, que acababa de entrar, fue a sentarse junto a Lewis Serrocold. Cuando Gina le dirigió la palabra, él ni siquiera se dignó contestarle.

Miss Marple encontró todo aquello algo desconcertante y se alegró de poder ir a su cuarto para echarse un rato después de tomar el té.

A la hora de comer acudieron todavía más personas. Un joven doctor llamado Maverick que era psiquiatra o psicólogo —Miss Marple no sabía muy bien en qué consistía la diferencia—, y cuya conversación, que se basaba casi enteramente en la jerga empleada en su profesión, le resultaba poco inteligible.

Había también dos jóvenes con gafas, encargados de la enseñanza, un tal Mister Baumgarten, terapeuta, y tres tímidos jovenzuelos que eran los huéspedes de aquella semana. Uno de ellos, rubio y con los ojos muy azules, era, según le informó Gina en un susurro, experto en estafas.

La comida no fue precisamente muy apetitosa. Todo estaba guisado y servido de cualquier manera. Los comensales vestían de un modo muy diverso. Miss Bellever llevaba un vestido negro de cuello alto; Mildred Strete, uno de noche con una chaqueta de punto encima; Carrie Louise, traje de lana gris, y Gina estaba resplandeciente con su atuendo campesino. Wally no se había cambiado de ropa, ni tampoco Stephen Restarick. Edgar Lawson iba de azul oscuro, impecable. Lewis Serrocold, de esmoquin. Comió muy poco y apenas parecía darse cuenta de lo que tenía en el plato.

Terminada la cena, Lewis Serrocold y el doctor Maverick fueron al despacho de este último. El terapeuta y los maestros se retiraron a la residencia. Los tres «casos» volvieron al colegio. Gina y Stephen se dirigieron al teatro para seguir discutiendo sobre la puesta en escena. Mildred se puso a tejer y Miss Bellever a zurcir calcetines. Wally, sentado en una silla que inclinó hacia atrás, contemplaba el espacio. Carrie Louise y Miss Marple charlaban de los viejos tiempos. La conversación parecía absurda e irreal.

Edgar Lawson daba la impresión de no saber qué hacer. Se sentaba y se levantaba inquieto.

—Me pregunto si no debería ir a ver a Mister Serrocold —dijo en un tono bastante fuerte—. Es posible que me necesite.

Carrie Louise le respondió con amabilidad:

—Oh, no creo. Esta noche tiene que tratar un par de cosas con el doctor Maverick.

—¡Entonces no iré, desde luego! Ni en sueños quisiera ir a donde no me necesitan. Bastante tiempo he perdido yendo a la estación, cuando Mistress Hudd tenía intención de hacerlo.

—Debería habérselo dicho —repuso Carrie Louise—. Pero creo que lo decidió a última hora.

—¿No comprende, Mistress Serrocold, que me ha hecho quedar en ridículo? ¡Como si yo fuera un tonto de remate!

—No, no. —Carrie Louise le sonrió—. No debe usted pensar eso.

—Sé que no se me necesita, ni se desea mi presencia... Me doy perfecta cuenta. Si las cosas hubieran sido distintas, si hubiese tenido un verdadero sitio en la vida, sería diferente. Muy distinto, desde luego. No es culpa mía no haberlo tenido.

—Vamos, Edgar —insistió la anciana—, no se enfade por tan poca cosa. Jane le considera muy amable por haber ido a buscarla. Gina siempre tiene esos impulsos repentinos... No ha tenido intención de molestarle.

—Oh, ya lo creo que sí. Lo ha hecho a propósito, para humillarme...

—Oh, Edgar...

—Usted no sabe la mitad de lo que ocurre, Mistress Serrocold. Bueno, por hoy no digo más que ¡buenas noches!

Edgar salió de la habitación, cerrando la puerta de golpe.

Miss Bellever comentó:

—¡Qué modales!

—Es que es tan sensible... —afirmó Carrie Louise distraída.

—La verdad es que es un hombre odioso —dijo Mildred Strete haciendo tintinear las agujas con las que tejía—. No deberías tolerar semejante comportamiento, madre.

—Lewis dice que no puede evitarlo.

—Todo el mundo puede evitar ser rudo —agregó Mildred con aspereza—. Claro que Gina tiene mucha culpa. Es tan atolondrada... No hace más que complicar las cosas. Un día anima al pobre chico y al siguiente le humilla. ¿Qué se puede esperar?

Wally Hudd habló por primera vez en toda la noche.

—Ese chico está chiflado. Eso es lo que ocurre. ¡Completamente chiflado!

II

Aquella noche, en su dormitorio, Miss Marple quiso revisar el estado de las cosas de Stonygates, pero todavía se le presentaba demasiado confuso. Allí había diversas corrientes, pero era imposible adivinar cuál de ellas había causado inquietud a Ruth Van Rydock. No era de esperar que Carrie Louise se sintiera afectada por lo que ocurría a su alrededor. Stephen estaba enamorado de Gina, y Gina podía estarlo o no de Stephen. Era evidente que Walter Hudd no estaba disfrutando. Esos son incidentes que pueden ocurrir y ocurren en todas partes y en todo momento. Por desgracia, no era nada excepcional. Suelen terminar en divorcio y todos vuelven a empezar llenos de esperanza, hasta que de nuevo surgen complicaciones... Mildred Strete estaba celosa de Gina. Lo cual, según opinaba Miss Marple, era muy natural.

Repasó en su mente lo que le había dicho Ruth Van Rydock. Carrie Louise se sintió muy decepcionada al saber que no iba a tener hijos. Luego tuvo lugar la adopción de Pippa, y más tarde el descubrimiento de que, después de todo, iba a ser madre biológica.

—Suele ocurrir —había dicho el médico—. Tal vez debido a que desaparece la tensión, y entonces la naturaleza puede realizar su obra.

Pero ello no había perjudicado a la niña que habían adoptado. Gulbrandsen y su esposa adoraban a Pippa, y esta se había ganado un destacado puesto en sus corazones. Gulbrandsen era ya padre. La paternidad no era cosa nueva para él y los anhelos maternales de Carrie Louise se colmaron con Pippa.

Y así crecieron las dos niñas; una, bella y alegre; la otra, fea y tristona. Lo que era muy natural, volvió a pensar Miss Marple. Porque cuando se quiere adoptar una niña, se escoge la más bonita, y aunque Mildred podría haber tenido la suerte de parecerse a los Martin, de los que eran dignos ejemplos Ruth y Carrie Louise, la naturaleza quiso que saliera a los Gulbrandsen, que eran grandotes, inexpresivos y decididamente feos.

A esto hay que añadir la determinación de Carrie Louise de que su hija adoptiva nunca se sintiera desplazada, y para asegurarse en su propósito fue más que indulgente con Pippa y algunas veces poco justa con Mildred.

Después de casarse, Pippa partió a Italia, y durante una temporada Mildred fue la única hija en aquella casa; cuando Pippa falleció, Carrie Louise llevó a su hijita a Stonygates, y una vez más Mildred quedó de lado. Luego su madre volvió a casarse y aparecieron los hijos de Restarick. En 1934 Mildred contrajo matrimonio con el pastor Strete, que le llevaba quince años, y se fueron a vivir al sur de Inglaterra. Era de suponer que fueron felices, pero eso, en realidad, se ignoraba. No tuvieron hijos. Y ahora estaba otra vez allí, en la casa en que se había criado. Y era probable que tampoco ahora fuera muy feliz.

Gina, Stephen, Wally, Mildred y Miss Bellever, que deseaba poder llevar la casa con orden y era incapaz de lograrlo. Lewis Serrocold era completamente feliz; un soñador capaz de poner en práctica sus ideales. En ninguna de aquellas personas halló Miss Marple lo que las palabras de Ruth hicieron creer que encontraría. Carrie Louise le parecía ajena a los acontecimientos terrenales, como lo había estado toda la vida. En aquel ambiente, ¿qué fue lo que Ruth encontró extraño? Y ella, Jane Marple, ¿lo creía así también?

Había también otras personas en aquel torbellino: los terapeutas, los maestros, los jóvenes entusiastas e inofensivos, el doctor Maverick, los tres jóvenes delincuentes rubios de mirada inocente... y Edgar Lawson.

Y entonces, antes de quedarse dormida, sus pensamientos se detuvieron y giraron alrededor de la figura de Edgar Lawson. Aquel joven le recordaba algo... o a alguien. Era un poco raro, tal vez demasiado extraño. Edgar Lawson no encajaba, esa era la palabra correcta, ¿verdad? Pero supuso que no tenía relación con Carrie Louise.

Mentalmente, Miss Marple negó con la cabeza. Lo que le preocupaba era algo más que aquello.

Capítulo 5

I

A la mañana siguiente Miss Marple salió al jardín eludiendo la compañía de su anfitriona. El aspecto del lugar la desilusionó. En otros tiempos debió de haber sido muy bonito, con grandes grupos de rododendros, suaves declives de césped, arriates llenos de plantas y un seto recortado, cercando una verdadera rosaleda. Ahora estaba abandonado, el césped sin cortar, los arriates llenos de hierbas entre las que crecían algunas flores, y los senderos cubiertos de musgo y descuidados. En cambio, la huerta, rodeada de una pared de ladrillos rojos, se veía próspera y bien arreglada, sin duda debido a su utilidad. Una gran porción de terreno, que antes estuvo cubierto de césped y flores, había sido convertido en una pista de tenis y una bolera.

Al contemplar el abandono de los parterres, Miss Marple hizo chasquear la lengua y arrancó de un tirón una planta de hierba cana.

Todavía con ella en la mano vio aparecer a Edgar Lawson. Al ver a Miss Marple, él se detuvo vacilante. Ella no tenía intención de dejarle escapar y le llamó enseguida. Cuando estuvo a su lado, le preguntó dónde guardaban las herramientas de jardinería.

Edgar contestó distraído que por allí encontraría al jardinero, que debía saberlo exactamente.

—Es una pena ver este parterre tan descuidado —dijo Miss Marple—. Me gustan tanto los jardines... —Y, puesto que no tenía intención de que Edgar fuese en busca de las herramientas, agregó—: Es lo único que puede hacer una mujer anciana e inútil. No creo que usted se haya preocupado nunca por la jardinería, Mister Lawson. Tiene un trabajo tan importante, estando como está en un cargo de tanta responsabilidad junto a Mister Serrocold... Debe de ser muy interesante.

Él repuso con animación inesperada:

—Sí..., sí..., es interesante.

—Y debe de resultar usted una gran ayuda para Mister Serrocold.

—No lo sé. —Su rostro se ensombreció—. No estoy seguro..., es por lo que hay detrás de todo esto...

Se interrumpió y Miss Marple le observó pensativa: un joven abatido, de corta estatura y vestido con un traje impecable. Un muchacho a quien pocas personas mirarían dos veces, ni habrían de recordar su aspecto.

Cerca había un banco y Miss Marple fue a sentarse. Edgar se quedó de pie ante ella, con el entrecejo fruncido.

—Estoy segura de que Mister Serrocold confía completamente en usted.

—No lo sé —repitió Edgar—. No lo sé, la verdad. —Casi sin darse cuenta, se sentó también en el banco—. Estoy en una posición difícil.

—¿Sí?

El joven Edgar miraba fijamente al vacío:

—Esto es del todo confidencial —confesó de pronto.

—Desde luego —convino Miss Marple.

—Si pudiera hacer valer mis derechos...

—Sí.

—Puedo decirle... No se le escapará, ¿verdad?

—Oh, no.

—Mi padre... mi padre es un hombre muy importante.

Esta vez, Miss Marple no tuvo necesidad de decir nada. Se limitó a seguir escuchando.

—Nadie lo sabe, excepto Mister Serrocold. La posición de mi padre podría salir perjudicada si la historia circulara por ahí. —Se volvió hacia ella, sonriendo. Una sonrisa digna y triste—. Soy hijo de Winston Churchill.

—Oh —exclamó Miss Marple—. Entiendo.

Recordaba otra historia bastante triste ocurrida en St. Mary Mead... y cómo terminó.

Edgar Lawson siguió hablando como si recitara una escena teatral.

—Existían ciertas razones. Mi madre no era libre. Su esposo estaba en un sanatorio, no podía divorciarse ni hablar de matrimonio. No se lo reprocho. Por lo menos, eso creo... Él siempre hizo cuanto pudo. Claro que con discreción. Y ahí es donde han surgido complicaciones. Tiene enemigos, y también me odian a mí. Se las han arreglado para separarnos. Me vigilan. Me odian, me siguen adondequiera que vaya. Y hacen que todo me salga mal.

Miss Marple meneaba la cabeza lentamente, compadeciéndole.

—Dios mío, Dios mío —dijo.

—En Londres estuve estudiando Medicina. Intervinieron en mis exámenes y cambiaron mis respuestas para que fracasara. Me seguían por las calles. Le contaban cosas de mí a la patrona. Me persiguieron por todas partes.

—Oh, pero no puede tener la seguridad... —señaló Miss Marple, tratando de consolarle.

—¡Le digo que lo sé! Son muy listos. Nunca pude verlos ni descubrir quiénes eran. Pero lo averiguaré... Mister Serrocold me sacó de Londres y me trajo aquí. Fue muy amable..., muy amable. Pero ni siquiera aquí estoy a salvo. También están aquí. Conspirando contra mí. Haciendo que los demás me aborrezcan. Mister Serrocold dice que no es cierto, pero él no lo sabe. O de otro modo..., quisiera saber..., algunas veces he pensado...

Se interrumpió para ponerse en pie.

—Todo esto es confidencial. Lo comprende, ¿verdad? Pero si nota que alguien me sigue..., quiero decir..., espiándome, dígame quién es.

Y se alejó, abatido, insignificante. Miss Marple le miraba preguntándose...

Se oyó una voz.

—Tonterías. Solo tonterías.

Walter Hudd estaba a su lado. Llevaba las manos metidas en los bolsillos y miró con el ceño fruncido la figura de Edgar, que se alejaba.

Miss Marple no dijo nada, y él prosiguió:

—¿Qué opina de este muchacho, de Edgar? Dice que su padre es lord Montgomery. ¿Qué le parece? No lo creo probable por lo que he oído de él.

—No —repuso Miss Marple—. No me parece muy probable.

—A Gina le dijo algo completamente distinto: que era el heredero del trono de Rusia. Aseguró que era hijo de no sé qué gran duque. Diablos, ¿es que ese chico no sabe quién fue su padre en realidad?

—Me figuro que no —contestó la anciana—. Supongo que ese es su problema.

Walter tomó asiento a su lado, dejando caer el cuerpo sobre el banco con gesto de abandono.

—Esto es una casa de locos.

—¿No le gusta estar en Stonygates?

—Sencillamente, no encajo, eso es todo. No encajo. Observe este lugar, la casa, todo lo que hay aquí. Esta gente es rica. No necesitan dinero, lo tienen, y fíjese en cómo viven. Porcelana china antigua mezclada con loza barata. No tienen servicio apropiado, solo una ayuda para las faenas más pesadas. Los tapices, cortinajes y el tapizado de las butacas, todo es raso y brocado que se cae a pedazos. Las grandes teteras de plata, mírelas: amarillas y empañadas por falta de limpieza.

Mistress Serrocold ni se preocupa. Fíjese en el vestido que llevaba ayer por la noche. Remendado bajo los brazos, casi roto, y, no obstante, podría ir a una tienda a encargar lo que quisiera. En Bond Street o donde sea. ¿Dinero? Nadan en la abundancia. —Hizo una pausa—. Yo comprendo lo que es ser pobre. No hay nada malo en ello cuando se es joven, fuerte y dispuesto para el trabajo. Nunca tuve mucho dinero, pero sabía ganarme el que quería. Iba a abrir un garaje. Ya había puesto en ese negocio parte de la cantidad estipulada. Se lo conté a Gina, me escuchó y pareció comprender. No sabía mucho de ella. Todas las chicas con uniforme parecen iguales. Quiero decir que, al verlas, no se puede distinguir si tienen dinero o no. Creí que tenía algo más que yo, debido a la educación, pero no lo consideré importante. Nos queríamos y nos casamos. Yo tenía algo de dinero y Gina también, según me dijo. Íbamos a montar una gasolinera en la parte de atrás de la casa... Gina estaba dispuesta. Éramos una pareja alocada... Estábamos locos el uno por el otro. Entonces esa tía de Gina comenzó a complicar las cosas... Y Gina quiso venir a Inglaterra a ver a su abuela. Bien, me pareció justo. Era su casa, y de todas maneras yo también sentía curiosidad por conocer este país. ¡Había oído hablar tanto de él! Así que nos vinimos. Solo por una temporada... Eso es lo que yo creí.

Frunció todavía más el ceño.

—Pero no ha sido así. Estamos metidos en esta disparatada empresa. «¿Por qué no nos quedamos aquí? ¿Por qué no fundamos nuestro hogar aquí?», eso es lo que dicen. Tienen mucho trabajo para mí. ¡Trabajo! Yo no creo que sea trabajar dar azúcar a gánsteres jóvenes y jugar con ellos a esos juegos infantiles... ¿Qué sentido tiene? Este lugar podría estar bien, verdaderamente bien. ¿Es que la gente con dinero no comprende lo afortunados que son? ¿No se dan cuenta de que no todo el mundo puede tener un lugar como este, y que ellos lo tienen? ¿No es una locura despreciar la suerte cuando uno disfruta de ella? A mí no me importa trabajar si debo hacerlo, pero trabajaré como me guste y en lo que me guste, y será en otra parte. Este lugar me hace sentir como preso en una tela de araña. Y Gina..., no puedo sacarla de aquí. No es la misma que se casó conmigo en Estados Unidos. No puedo..., ahora no puedo hablarle siquiera para compartir con ella mis proyectos. ¡Oh, maldita sea!

Miss Marple dijo con simpatía:

—Comprendo muy bien su punto de vista.

Wally le dirigió una rápida mirada.

—Es usted la única persona a quien le he hablado así. La mayor parte del tiempo estoy callado como una tumba. No sé por qué..., usted es inglesa, verdaderamente inglesa, pero en cierto modo me recuerda a mi tía Betsy.

—Esto es muy halagador.

—Es muy sensata —continuó Wally pensativo—. Parece tan frágil, como si uno pudiera partirla en dos, pero es fuerte... Sí, señor, vaya si lo es.

Se levantó.

—Siento haberle hablado así —se disculpó, y por

primera vez le vio sonreír. Su sonrisa era encantadora y le transformaba en un hombre atractivo y simpático—. Será que necesitaba desahogarme. Lamento sinceramente que le haya tocado a usted.

Por un momento entretuvo su imaginación con el recuerdo del moderno escritor Raymond West. Un contraste tan grande que Walter Hudd no podía ni siquiera imaginar.

—Ahí le llega más compañía —dijo Walter—. A esa mujer no le resulto agradable. Por eso me marcho. Hasta luego. Gracias por haberme escuchado.

Echó a andar, y Miss Marple miró a Mildred Strete, que se acercaba hollando el césped.

II

—Ya veo que ha tenido que soportar a ese terrible joven —indicó Mistress Strete, que había llegado casi sin aliento, tras sentarse en el banco—. Es una tragedia.

—¿Una tragedia?

—Sí, el matrimonio de Gina. Y todo por haberla enviado a Estados Unidos. Ya le dije entonces a mi madre que era un disparate. Apenas tuvimos incursiones aéreas. Me disgusta la manera en que las personas se desmoralizan pensando en lo que pueda ocurrirles a sus familiares, o incluso a ellos mismos.

—Debió de ser difícil saber qué sería más acertado —repuso Miss Marple—. Me refiero a los niños. Con la amenaza de una posible invasión, y lo que pudo haber significado el que crecieran bajo el régimen alemán, además del peligro de las bombas.

—Tonterías —dijo Mistress Strete—. Nunca tuve la menor duda de que ganaríamos. Pero mi madre siempre fue poco razonable cuando se trataba de Gina; la ha malcriado y consentido en todos los aspectos. En primer lugar, no hacía falta sacarla de Italia.

—Tengo entendido que su padre no puso objeción alguna.

—¡Oh, San Severiano! Ya sabe cómo son los italianos. Para ellos lo único importante es el dinero. Se casó con Pippa por su dinero, naturalmente.

—¡Dios mío! Siempre creí que estaba muy enamorado de ella y que su muerte lo destrozó.

—Sin duda lo fingiría. No puedo comprender cómo mi madre pudo consentir que se casara con un extranjero. Me figuro que solo por el afán que tienen los estadounidenses de poseer un título.

La anciana dijo tímidamente:

—Siempre he creído que mi querida Carrie Louise vivía un poco en las nubes.

—¡Oh, lo sé! No puedo soportarlo. Sus manías, extravagancias y proyectos idealistas. No tiene usted ni idea, tía Jane, de lo que eso significa. Por supuesto, yo puedo hablar con conocimiento de causa. He crecido en medio de todo esto.

A Miss Marple le chocó un tanto que la llamase «tía Jane». Claro que en todos los regalos que había enviado para las niñas de Carrie Louise siempre ponía: «De tía Jane, con cariño», y era lógico que cuando pensaran en ella lo hicieran llamándola «tía Jane», aunque no era probable que fuese muy a menudo.

—Debe de haber tenido... una infancia difícil.

Mildred le dedicó una mirada de agradecimiento.

—Oh, me alegra que alguien sea capaz de darse cuenta, la gente no comprende los sentimientos de las criaturas. Pippa, ya sabe, era la más bonita, y también la mayor. Siempre era ella la que acaparaba toda la atención. Papá y mamá la animaban continuamente, y no es que necesitara que la animasen. Yo era tímida... Pippa no sabía lo que era eso... Una niña puede sufrir mucho, tía Jane.

—Lo sé —repuso la anciana.

—«Mildred es tonta», solía decir Pippa. Pero yo era más pequeña que ella. Y es muy desagradable para una niña que su hermana esté siempre contra ella, y que la gente también lo esté. «Qué niña tan mona», le decían a mamá. Nunca se fijaban en mí. Y era con ella con quien papá solía jugar y reír. Alguien debería haberse dado cuenta de lo duro que me resultaba el que todas las atenciones fuesen para ella. No era lo bastante mayor para darme cuenta de que es el carácter lo que más importa. —Le temblaban los labios; se rehízo y continuó—: Y no era justo, nada justo... Yo era su verdadera hija. A Pippa la habían adoptado. Yo era la heredera de la casa..., ella no era nadie.

—Es posible que fueran demasiado indulgentes con ella por esta causa —dijo Miss Marple.

—La preferían a ella. Una niña a quien sus propios padres no quisieron... y probablemente ilegítima.

Prosiguió:

—Se ve en Gina. Tiene mala sangre. Lewis puede defender las teorías que quiera sobre el medio ambiente. La mala sangre no puede ocultarse. Fíjese en Gina.

—Gina es una muchacha encantadora —aseguró Miss Marple.

—Pero, en cambio, su comportamiento... Todo el mundo, menos mi madre, se da cuenta de cómo trata a Stephen Restarick. Es de mal gusto. Admito que ha hecho una boda desgraciada, pero el matrimonio es el matrimonio, y una debe estar preparada para sobrellevarlo. Al fin y al cabo, ella fue quien escogió a ese terrible muchacho.

—¿Es tan terrible?

—¡Querida tía Jane! A mí me da la impresión de que es un gánster. Es tan arisco y rudo... Apenas abre la boca. Siempre se muestra disgustado y grosero.

—Me parece que no es feliz —aventuró Miss Marple.

—No sé por qué no había de serlo..., quiero decir, aparte del comportamiento de Gina. Aquí se ha hecho por él cuanto se ha podido. Lewis le ha indicado varias maneras para que tratase de resultar útil, pero él prefiere remolonear por ahí, sin hacer nada.

Cambió de tono:

—Oh, este lugar es imposible..., completamente imposible. Lewis solo piensa en esos terribles criminales, y mamá solo en él. Todo lo que Lewis hace está bien hecho. Mire en qué estado se halla el jardín, los parterres, esos hierbajos. Y la casa, donde nada se hace a derechas. Oh, ya sé que hoy en día es difícil llevar una casa, pero puede conseguirse. Y es que, además de estar cortos de dinero, nadie se preocupa. Si fuera mi casa...

Se detuvo.

—Me temo que todos tenemos que enfrentarnos con el hecho de que las condiciones son distintas. Estos grandes caserones son un grave problema. Debió de ser triste para usted encontrarlo tan cambiado a su vuelta. ¿De veras prefiere vivir aquí que en su propia casa?

Mildred Strete enrojeció.

—Al fin y al cabo, es mi hogar. La casa que fue de mi padre. Eso nadie puede cambiarlo. Tengo derecho a estar aquí, si quiero, y quiero. ¡Si mi madre no fuera tan complicada! Ni siquiera se viste de un modo adecuado. Eso le preocupa mucho a Jolly.

—Iba a preguntarle por ella.

—Es un descanso tenerla aquí. Adora a mi madre. Hace mucho tiempo que está con ella, vino en tiempos de Johnnie Restarick. Y creo que fue de gran ayuda cuando ocurrió aquel desgraciado asunto. Supongo que habrá oído decir que se fugó con aquella yugoslava, una mujer de lo más vulgar. Creo que tenía muchos amantes. Mi madre se portó con mucha dignidad y se divorció con el menor alboroto posible. Incluso llegó a consentir que los hijos de Restarick pasaran aquí sus vacaciones, cosa innecesaria, pues podría haberse arreglado de otra manera. Claro que era imposible dejarlos con su padre y esa mujer. El caso es que los tuvo aquí, y Miss Bellever se ocupó de todo y fue la torre de la fortaleza. Algunas veces pienso que ella, al ocuparse de todas las cosas, hace que mi madre sea incluso más apagada de lo que es; pero, la verdad, no sé qué sería de nosotros sin ella.

Hizo una pausa y exclamó con cierta sorpresa:

—¡Aquí está Lewis! ¡Qué extraño! Rara vez sale al jardín.

Mister Serrocold se acercaba con aquel aire ausente con que hacía todas las cosas. Pareció no percatarse de la presencia de Mildred, puesto que era Miss Marple quien estaba en su mente.

—Lo siento mucho —le dijo—. Querría haberla acompañado yo mismo a visitar todas nuestras instalaciones. Caroline me lo había pedido. Por desgracia tengo que ir a Liverpool. Es por ese muchacho empleado en los ferrocarriles que roba los paquetes de la oficina. Pero Maverick la acompañará. Estará aquí dentro de unos minutos. Yo no regresaré hasta pasado mañana. Será espléndido si logramos que no vuelva a las andadas.

Mildred Strete se levantó para marcharse. Lewis Serrocold ni siquiera se dio cuenta de su marcha. Sus ojos inquietos miraban a Miss Marple a través de los gruesos cristales de sus lentes.

—¿Sabe? —le dijo—. Los jueces casi siempre se equivocan. Algunas veces son demasiado severos, y otras demasiado indulgentes. Si los condenan a unos meses de encierro, no les sirve de escarmiento, incluso les parece divertido, se jactan de ello ante sus amigos; pero una sentencia severa a menudo los hace volver a la realidad. Comprenden que el juego no merece la pena. O a veces es mejor encarcelarlos. Una enseñanza correctiva, reconstructiva, como la que nosotros damos aquí...

Miss Marple le interrumpió:

—Mister Serrocold. ¿Está usted completamente satisfecho del joven Lawson? ¿Es... del todo normal?

Una expresión de disgusto apareció en el rostro de Lewis Serrocold.

—Espero que no vuelva a recaer. ¿Qué le ha estado diciendo?

—Que era hijo de Winston Churchill...

—Claro, claro. Lo de siempre. El pobre chico es hijo ilegítimo, como es probable que usted ya haya adivinado, y de origen muy humilde. Unos colegas de Londres me pidieron que lo tratara. Había asaltado a un hombre en plena calle, porque dijo que le espiaba. Los síntomas clásicos... El doctor Maverick se lo explicará. Me enteré de su historia. Su madre era de clase baja, pero de una respetable familia de Plymouth. Su padre, un marinero... Ella ni siquiera sabe su nombre... El niño creció en circunstancias difíciles y comenzó a imaginarse cosas de su padre y más tarde de sí mismo. Se vestía de uniforme con condecoraciones que no tenía derecho a usar..., todo muy típico. Pero el diagnóstico de Maverick es favorable si conseguimos infundirle confianza en sí mismo. Le he dado un cargo de responsabilidad y he tratado de hacerle comprender que no es el origen lo que importa, sino el hombre en que puede convertirse. Traté de infundirle confianza en sus propias habilidades. Ha mejorado notablemente. Estaba muy contento con él, y ahora dice usted que...

Meneó la cabeza.

—¿No puede resultar peligroso, Mister Serrocold?

—¿Peligroso? No creo que haya mostrado tendencias suicidas.

—No pensaba en el suicidio. Me ha hablado de enemigos que le perseguían. ¿No es esa..., perdóneme..., una señal peligrosa?

—No creo que haya llegado a ese grado. Pero hablaré con Maverick. Hasta ahora tenía muchas esperanzas..., muchísimas.

Consultó su reloj.

—Tengo que marcharme. Ah, aquí viene nuestra querida Jolly. Ella se ocupará de usted.

Miss Bellever anunció a su llegada:

—El coche está en la puerta, Mister Serrocold. El doctor Maverick me ha telefoneado desde el instituto. Ha dicho que acompañara a Miss Marple hasta allí. Él nos esperará en la entrada.

—Gracias. Debo irme. ¿Y mi cartera?

—En el coche, señor.

Lewis Serrocold se marchó apresuradamente. Mirándole alejarse, Miss Bellever dijo:

—Cualquier día caerá muerto. El no descansar va

contra la naturaleza. Solo duerme cuatro horas cada noche.

—Está enamorado de su trabajo —afirmó Miss Marple.

—No piensa en otra cosa —repuso Juliet Bellever con aspereza—. Nunca se preocupa de su mujer o de dedicarle alguna atención. Ella es una criatura muy dulce, usted ya lo sabe, Miss Marple, y merece amor y atención. Pero aquí nada importa más que ese escuadrón de niños y jovencitos que quieren vivir fácilmente y sin escrúpulos, y a quienes no les agrada la idea de trabajar duro. ¿Y quién se ocupa de los niños de las casas honradas? ¿Por qué no se hace algo por ellos? La honradez no resulta interesante para los maniáticos como Mister Serrocold, el doctor Maverick y todo ese hatajo de sentimentalistas a medio cocer que tenemos aquí. A mis hermanos y a mí nos educaron de un modo más riguroso, sin que nos valieran las lamentaciones. Blando, ¡así es el mundo hoy en día!

Acabaron de atravesar el jardín y pasaron junto a una empalizada hasta llegar al arco abierto que Eric Gulbrandsen había erigido como entrada de su colegio, un edificio horrible y macizo de ladrillos rojos.

El doctor Maverick salió a recibirlas con un aspecto bastante extraño, según opinión de Miss Marple.

—Gracias, Miss Bellever —dijo—. Ahora, Miss..., mmm..., oh, sí, Miss Marple..., estoy seguro de que le va a interesar lo que se está haciendo aquí. Nuestro espléndido acercamiento a este gran problema. Mister Serrocold es un hombre de gran visión interior. Y a nuestras espaldas tenemos a sir John Stillvell, mi antiguo jefe. Estuvo en el Ministerio de Asuntos Interiores hasta que se retiró y su influencia hizo inclinar la balanza para que pudiéramos comenzar. Este es un problema médico, eso es lo que hay que hacer comprender a las autoridades. La psiquiatría se impuso durante la guerra. Lo único bueno que salió de ella... Ahora, antes que nada, quiero que vea cómo afrontamos el problema. Mire ahí arriba.

Miss Marple leyó las letras talladas en el gran arco de la entrada:

TODOS LOS QUE ENTRAN AQUÍ
RECOBRAN LA ESPERANZA

—¿No es espléndido? Es la nota adecuada para el primer acorde. No los reñimos ni los castigamos. Eso es lo que los estropea la mitad de las veces, el castigo. Nosotros queremos que se encuentren a gusto.

—¿Como Edgar Lawson? —preguntó Miss Marple.

—Un caso interesante. ¿Ha hablado con él?

—Ha hablado él conmigo —repuso la anciana. Y agregó con humildad—: Me pregunto si no es posible que esté un poco perturbado.

El doctor Maverick rio alegremente.

—Todos lo estamos un poco, querida señora —dijo mientras entraban en el edificio—. Ese es el secreto de la existencia: todos tenemos algo de locos.

Capítulo 6

En conjunto fue un día bastante agotador.

Miss Marple pensó que hasta el más sano entusiasmo puede resultar molesto. Se sentía ligeramente descontenta consigo misma y con sus reacciones. Allí ocurría algo, o tal vez varias cosas, y no obstante no pudo formarse una idea clara de lo que era. Su vaga inquietud se centraba en la patética pero incongruente personalidad de Edgar Lawson. Si consiguiera encontrar mentalmente la verdadera pista de todo lo...

De un modo concienzudo fue descartando a Mister Selkidk (del camión de repartos), al distraído cartero y al jardinero que trabajaba el lunes de Pascua.

Algo que no lograba precisar debía de ocurrirle a Edgar Lawson, algo que estaba fuera de los hechos señalados y observados. Pero, fuera lo que fuese, ¿de qué modo podía afectar a su amiga de la infancia? En las confusas vidas que se desarrollaban en Stonygates, los deseos y preocupaciones de todos sus habitantes chocaban entre sí, pero ninguno (por lo que alcanzaba a ver) rozaba siquiera a Carrie Louise.

Carrie Louise... De pronto se dio cuenta de que era la única que la llamaba así, excepto la ausente Ruth, que también utilizaba ese nombre. Para su esposo, era Caroline. Cara, para Miss Bellever. Stephen Restarick solía dirigirse a ella llamándola Madonna. Wally la nombraba Mistress Serrocold, y Gina, abuelita.

¿Había tal vez alguna significación en los diversos nombres de Caroline Louise Serrocold? ¿Era para todos ellos un símbolo y no un ser real?

Cuando a la mañana siguiente Carrie Louise, arrastrando un poco los pies al caminar, fue al jardín a sentarse junto a su amiga y le preguntó en qué estaba pensando, Miss Marple replicó sin vacilar:

—En ti.

—¿Por qué en mí?

—Dime la verdad: ¿hay algo que te preocupe?

—¿Que me preocupe? —La anciana levantó sus ojos claros—. Pero, Jane, ¿qué es lo que debería preocuparme?

—La mayoría de nosotros tenemos preocupaciones. Yo también las tengo. Tonterías, ¿sabes? Tener que remendar la ropa, no poder conseguir azúcar para hacer mi compota. Oh, montones de insignificancias... Parece extraño que tú no tengas ninguna.

—Sí, me figuro que debo de tenerlas —repuso Mistress Serrocold—. Lewis trabaja demasiado. Stephen se olvida de comer, siempre esclavo del teatro, y Gina es demasiado irreflexiva; pero nunca fui capaz de cambiar a las personas... Así que ¿qué iba a conseguir preocupándome?

—Mildred no es muy feliz, ¿verdad?

—Oh, no. Mildred nunca fue feliz. Ni siquiera de niña. Al revés que Pippa, quien siempre estaba radiante.

—Es posible —insinuó Miss Marple— que Mildred tenga motivos para no serlo.

Carrie Louise señaló con calma:

—¿Porque es celosa? Sí, no diré que no. Pero las personas, en realidad, no necesitan una causa para sentir como sienten. Son así. ¿No te parece, Jane?

Miss Marple pensó unos breves instantes en una tal Miss Moncrieff, que había dedicado su vida a cuidar de su madre inválida. La pobre quería viajar y ver mundo. St. Mary Mead, de un modo discreto, se había alegrado cuando Mistress Moncrieff descansó en el cementerio, y su hija, con una bonita aunque reducida renta, se vio al fin libre. En su viaje no fue más allá de Hyères, pues al hacer una visita a «una de las viejas amigas de su madre», le dio lástima verla tan melancólica, así que abandonó la idea de viajar, canceló las reservas de sus billetes y habitaciones y se quedó en aquel pueblo para ser explotada, trabajando como una esclava, y soñando una vez más con las delicias de horizontes más amplios.

Miss Marple dijo:

—Me figuro que tienes razón, Carrie Louise.

—Claro que si estoy libre de preocupaciones se lo debo en parte a Jolly. Mi querida Jolly. Vino cuando

Johnnie y yo acabábamos de casarnos. Cuida de mí como si yo fuese una niña que no supiera valerse por sí misma. Se ocupa de todo. A veces me siento un poco avergonzada. Creo sinceramente que sería capaz de matar a alguien por mí, Jane. ¿No te parece terrible decir una cosa así?

—Te aprecia mucho, esa es la verdad —convino la solterona.

—Se pone furiosa. —Mistress Serrocold dejó oír su risa cristalina—. Quiere que siempre lleve vestidos preciosos, y que me rodee de lujos. Cree que todo el mundo debería ponerme en primer lugar. Es la única persona a quien no impresiona en absoluto el entusiasmo de Lewis. Según ella, todos esos muchachos son criminales y no vale la pena molestarse por ellos. Considera este lugar demasiado húmedo y perjudicial para mi reúma, y cree que debería irme a Egipto o a algún sitio cálido y seco.

—¿Sufres mucho por causa del reúma?

—Últimamente he empeorado bastante. Me cuesta gran trabajo andar, y siento fuertes calambres en las piernas. Oh, bueno... —De nuevo brilló su encantadora sonrisa—. Son cosas de la edad.

Miss Bellever corrió a su encuentro.

—Un telegrama, Cara, acaban de darlo por teléfono: «Llegaré esta tarde, Christian Gulbrandsen».

—¿Christian? —Carrie Louise pareció muy sorprendida—. No sabía que estuviera en Inglaterra.

—Le pondremos en la habitación de roble, supongo.

—Sí, desde luego, Jolly. Así no subirá escaleras.

Miss Bellever asintió y regresó a la casa.

—Christian Gulbrandsen es mi hijastro —explicó Carrie Louise—. Es el hijo mayor de Eric. Tiene dos años más que yo. Es uno de los socios del instituto..., el más importante. Es una lástima que Lewis se haya marchado. Christian no acostumbra a pasar aquí más de una noche. Es un hombre ocupadísimo. Y aquí estoy segura de que tendrán muchos asuntos que discutir.

Christian Gulbrandsen llegó aquella tarde, a tiempo de tomar el té. Era un hombre robusto y corpulento, con un modo de hablar lento y metódico. Saludó a Carrie Louise con mucho afecto.

—¿Y cómo está la pequeña Carrie Louise? No has envejecido ni un día..., ni siquiera un día.

Con las manos puestas sobre los hombros la contempló unos instantes con una sonrisa hasta que le tiraron de la manga.

—Ah —se volvió—, ¡pero si es Mildred! ¿Cómo estás, Mildred?

—La verdad es que últimamente no me he encontrado muy bien.

—Malo. Malo.

Había una gran semejanza entre Christian Gulbrandsen y su hermanastra Mildred. Se llevaban casi treinta años y podrían haberlos tomado por padre e hija. Ella parecía muy contenta con su llegada. Estaba sonrosada y no paraba de hablar, y durante todo el día estuvo nombrando a «mi hermano Christian», «mi hermano, Mister Gulbrandsen».

—¿Y cómo está la pequeña Gina? —preguntó volviéndose hacia la joven—. Por lo visto, sigues viviendo aquí con tu marido.

—Sí. Nos hemos instalado aquí, ¿no es cierto, Wally?

—Eso parece —repuso el aludido.

Dio la impresión de que los menudos ojos de Gulbrandsen observaban a Wally con interés. Wally, como de costumbre, se mostró huraño y poco agradable.

—Vuelvo a estar con toda la familia —afirmó Gulbrandsen. Su voz quiso tener un tono jovial, pero, según pudo observar Miss Marple, no parecía sentirse contento precisamente. Una mueca contraía sus labios y su aspecto denotaba preocupación. Cuando le presentaron a Miss Marple, le dirigió una larga mirada analítica.

—Ignoraba que estuvieses en Inglaterra, Christian —le dijo Mistress Serrocold.

—Vine de improviso.

—Es una lástima que Lewis se haya marchado. ¿Cuánto tiempo puedes quedarte?

—Tenía la intención de irme mañana. ¿Cuándo volverá?

—Mañana por la tarde o por la noche.

—Pues tendré que quedarme una noche más.

—Si nos hubieras avisado...

—Mi querida Carrie Louise, ya sabes que no puedo decidir lo que haré con antelación.

—¿Te quedarás para ver a Lewis?

—Sí, necesito verle.

Miss Bellever informó a Jane Marple:

—Mister Serrocold y Mister Gulbrandsen son socios del mismo instituto. También lo son el obispo de Cromer y Mister Gilroy.

Era de presumir que Christian Gulbrandsen había acudido a Stonygates para resolver algún asunto concerniente al Instituto Gulbrandsen. Al parecer, eso era lo que todos suponían. Y sin embargo Miss Marple no dejaba de hacer cábalas.

Cuando Carrie Louise no se daba cuenta, este le dirigía miradas preocupadas que intrigaron a Miss Marple. Y también, a hurtadillas, observaba a todos con insistencia, cosa que a la anciana le pareció bastante extraña.

Con mucho tacto, Miss Marple eludió la compañía de los demás, y después del té se fue a la biblioteca, pero ante su asombro, cuando ya se había instalado frente a un escritorio, Christian Gulbrandsen acudió a sentarse a su lado.

—Creo que es usted una antigua amiga de nuestra querida Carrie Louise —le dijo—. Desde hace años, ¿verdad?

—Fuimos juntas al colegio en Italia, Mister Gulbrandsen. Hace muchos, muchísimos años.

—Ah, sí. ¿Y la quiere mucho?

—Ya lo creo —repuso Miss Marple calurosamente.

—Como todo el mundo. Sí, lo creo de verdad y debe de ser así, pues es una persona encantadora y bondadosa. Desde que mi padre se casó con ella mis hermanos y yo la hemos querido mucho. Siempre fue para nosotros como una hermana querida. Fue una esposa fiel para mi padre y leal con todas sus ideas. Nunca pensó en sí misma, sino que primero se interesó por el bienestar de los demás.

—Siempre ha sido una idealista —afirmó la solterona.

—¿Una idealista? Sí, eso es. Y, además, es posible que no se dé cuenta del mal que existe en el mundo.

Miss Marple le miró sorprendida, parecía preocupado.

—Dígame —le preguntó Christian Gulbrandsen—. ¿Cómo está su salud?

La anciana volvió a sorprenderse.

—A mí me parece que está bien, aparte de su artritis y el reúma.

—¿Reúma? Sí. ¿Y el corazón? ¿Lo tiene sano?

—Que yo sepa, sí. —Miss Marple no salía de su asombro—. Pero ayer fue la primera vez que la vi desde hacía muchos años. Si desea conocer su estado de salud, puede preguntar a alguien de la casa. Por ejemplo, a Miss Bellever.

—Miss Bellever... Sí, a Miss Bellever... o a Mildred.

—Eso mismo, o a Mildred.

Miss Marple se sentía ligeramente incómoda. Christian Gulbrandsen tenía los ojos clavados en ella.

—Uno diría que no existe gran simpatía entre la madre y la hija, ¿no es cierto?

—Sí, eso creo.

—Estoy de acuerdo con usted. Es una pena... Su única hija, pero ahí la tiene. Y Miss Bellever..., ¿le parece a usted que la aprecia realmente?

—Muchísimo.

—¿Y Carrie Louise confía en Miss Bellever?

—Eso creo.

Christian Gulbrandsen tenía el ceño fruncido, y habló más para sí que para Miss Marple.

—Luego está la pequeña Gina, pero es demasiado joven. Es complicado... —Se interrumpió—. Algunas veces es difícil saber qué es lo mejor. Deseo con toda el alma actuar de un modo conveniente. Tengo particular interés en que no le ocurra ninguna desgracia a esa querida dama. Pero no es fácil, nada fácil.

En aquel momento entraba Mistress Strete.

—Oh, estás aquí, Christian. Nos preguntábamos adónde habías ido. El doctor Maverick desea saber si quieres tratar algún asunto con él.

—¿Está aquí de nuevo el doctor? No, esperaré a que vuelva Lewis.

—Aguarda en el despacho de Lewis. ¿Quieres que le diga...?

—Hablaré yo mismo con él.

Y Gulbrandsen abandonó la habitación. Mildred le vio marchar y luego se volvió hacia Miss Marple.

—Me pregunto si ocurrirá algo en particular. Christian está muy cambiado... ¿Le ha dicho algo... grave?

—Solo me ha preguntado por la salud de su madre.

—¿Su salud? ¿Por qué habría de preguntárselo a

usted? —Mildred habló con aspereza mientras su rostro alargado enrojecía.

—La verdad, no lo sé.

—La salud de mamá es perfecta. Sorprendente para una mujer de sus años. Mucho mejor que la mía, hasta ahora. —Hizo una pausa antes de añadir—: Espero que usted se lo haya dicho.

—La verdad, yo no sé nada de esto. Me ha preguntado por su corazón.

—¿Su corazón?

—Sí.

—Mi madre no padece del corazón. ¡En absoluto!

—Me alegra mucho saberlo, querida.

—¿Qué extraña idea se le habrá metido en la cabeza a Christian?

—Lo ignoro —repuso Miss Marple.

Capítulo 7

I

El día siguiente transcurrió sin novedades aunque, según Miss Marple, se notaba cierta tensión. Christian Gulbrandsen pasó la mañana en el instituto, discutiendo con el doctor Maverick acerca de su método. A primera hora de la tarde Gina le llevó a dar un paseo en automóvil, y luego la anciana pudo notar que Gulbrandsen insistía para que Miss Bellever le enseñase los jardines. Al parecer fue un pretexto para quedarse a solas con aquella arisca mujer. Y, sin embargo, si la visita de Christian Gulbrandsen era puramente por cuestión de negocios, ¿por qué deseaba la compañía de Miss Bellever, quien solo se ocupaba de la parte doméstica de Stonygates?

Pero Miss Marple debía confesar que se dejaba llevar por su imaginación. El único incidente real de aquel día se registró hacia las cuatro de la tarde. Jane Marple había salido al jardín con la idea de dar un paseo hasta la hora del té. Cuando rodeaba un grupo de rododendros apareció Edgar Lawson, mascullando algo entre dientes, y casi tropezó con ella.

—Le ruego que me perdone —le dijo apresuradamente, pero la expresión de sus ojos sobresaltó a la anciana.

—¿Se encuentra usted bien, Mister Lawson?

—¿Bien? ¿Por qué habría de sentirme bien? He sufrido un golpe terrible..., terrible...

—¿Qué clase de golpe?

El joven le dirigió una mirada furtiva y luego observó inquieto a su alrededor, cosa que acrecentó el temor de Miss Marple.

—¿Debo decírselo? —La miró vacilante—. No lo sé. La verdad, no lo sé. Me espían constantemente, me parece...

La anciana le cogió del brazo con fuerza.

—Mejor no sigamos por ese sendero... Aquí, ahora... Aquí no hay arbustos ni árboles a nuestro alrededor. Nadie puede oírnos.

—No... Tiene usted razón. —Exhaló un profundo suspiro, inclinó la cabeza y su voz fue casi un susurro—. He cometido un error. Un terrible error.

—¿Qué error?

Edgar Lawson comenzó a temblar. Casi lloraba.

—¡Haber confiado en alguien! Haber creído... y todo eran mentiras..., todo mentiras para evitar que descubrieran la verdad. No puedo soportarlo. Es demasiada maldad. Era la única persona en quien confiaba, y ahora he descubierto que todo el tiempo estaba engañándome. Él es mi enemigo. Es él quien ordenaba que me siguieran y me espiaran. Pero no podrá seguir haciéndolo. Le diré que sé lo que han estado haciendo.

—¿Quién es él? —quiso saber Miss Marple.

Edgar Lawson se irguió cuanto le fue posible. Quizá quería parecer digno y orgulloso, pero resultaba ridículo.

—Le estoy hablando de mi padre.

—El vizconde Montgomery... ¿O se refiere a Winston Churchill?

Edgar le dirigió una mirada de reproche.

—Me hicieron creer esto... para evitar que conociera la verdad. Pero un amigo me lo ha revelado todo y me ha hecho ver que me han engañado por completo. Bien, ¡mi padre tendrá que vérselas conmigo! ¡Le arrojaré a la cara sus mentiras! Veremos lo que dice a esto.

E, interrumpiéndose de improviso, echó a correr desesperadamente.

Con expresión preocupada, la anciana regresó a la casa.

«Aquí todos estamos un poco locos», le había dicho el doctor Maverick.

Pero el caso de Edgar le pareció muy categórico.

II

Lewis Serrocold regresó a las seis y media. Detuvo su automóvil ante la puerta de la verja y anduvo hasta la casa a través del parque. Desde la ventana de su habitación Miss Marple pudo ver cómo Christian Gulbrandsen salía a su encuentro. Los dos hombres, después de saludarse, comenzaron a pasear de un lado a otro de la terraza.

Miss Marple había llevado sus prismáticos por si los necesitaba y consideró que había llegado el momento de utilizarlos. ¿Habían revoloteado unos verderones en las copas de aquellos árboles?

Antes de alzar los gemelos pudo comprobar que los dos hombres parecían muy preocupados. Miss Marple los enfocó a lo lejos. Si alguno de ellos miraba hacia arriba, hubiera creído que algún pájaro ocupaba su atención. De vez en cuando llegaban hasta ella fragmentos de la conversación.

—... cómo evitar que lo sepa Carrie Louise... —decía Gulbrandsen.

Cuando volvieron a pasar bajo la ventana, era Lewis Serrocold quien hablaba.

—Estoy de acuerdo contigo. Es en ella en quien debemos pensar ante todo...

Otras frases sueltas llegaron hasta Miss Marple.

—... realmente serio..., no es justificable..., una responsabilidad demasiado grande..., tal vez sería necesario pedir consejo...

Al fin oyó a Christian Gulbrandsen.

—¡Achís! Está refrescando. Será mejor que entremos.

Miss Marple, con expresión preocupada, se apartó de la ventana. Lo que acababa de oír era demasiado ambiguo para poder formarse una opinión concreta, pero contribuía a confirmar la sensación de vaga inquietud que había ido creciendo en su interior desde que Ruth Van Rydock estuvo tan comunicativa.

Lo que estaba ocurriendo en Stonygates, fuera lo que fuese, afectaba definitivamente a Carrie Louise.

III

La cena resultó algo incómoda. Gulbrandsen y Lewis estaban absortos en sus propios pensamientos; Walter Hudd, más ceñudo todavía que de costumbre; y, por primera vez, Gina y Stephen tuvieron poco que decirse. Casi sostuvo todo el peso de la conversación el doctor Maverick, que discutió largamente con Mister Baumgarten, uno de los terapeutas, sobre cuestiones técnicas y otros asuntos. Cuando pasaron al vestíbulo, después de comer, Christian Gulbrandsen pidió que le disculparan, porque tenía que escribir una carta muy importante.

—Así que, si me lo permites, mi querida Carrie Louise, me voy a mi cuarto.

—¿Tienes todo lo necesario?

—Sí, sí. Todo. Pedí una máquina de escribir, y ya la tengo. Miss Bellever ha sido de lo más atenta.

Salió del Gran Vestíbulo por la puerta de la izquierda, que daba al pie de la escalera principal y a un largo corredor, en cuyo extremo se hallaba la habitación de los huéspedes y un cuarto de baño.

Cuando hubo desaparecido, Carrie Louise preguntó:

—¿No vas a ir al teatro esta noche, Gina?

La muchacha negó con la cabeza antes de dirigirse hacia la ventana, donde tomó asiento y se puso a contemplar la avenida del parque.

Stephen, tras dirigirle una mirada, se sentó al piano y comenzó a interpretar una suave melodía extraña y melancólica.

Los dos maestros, Baumgarten y Lawson, y el doctor Maverick se retiraron tras dar las buenas noches. Walter quiso encender una lámpara de pie, y con un chasquido se apagaron todas las luces.

—Este condenado cordón siempre da un chispazo. Iré a poner un fusible nuevo —dijo enfadado.

Cuando salía, Carrie Louise murmuró:

—Wally sabe mucho de estas cosas. ¿Recuerdas cómo arregló la tostadora?

—Al parecer, es todo lo que hace aquí —repuso Mildred Strete—. Madre, ¿has tomado ya tu medicina?

Miss Bellever pareció muy contrariada.

—Confieso que esta noche me había olvidado por completo. —Se puso en pie de un salto y fue al comedor, de donde regresó con un vasito lleno de un líquido rosado. Sonriente, Carrie Louise tendió la mano para cogerlo.

—Una cosa tan mala y nadie consiente que me olvide de tomarlo —observó haciendo una mueca.

Entonces, inopinadamente, intervino Lewis Serrocold, su marido:

—No creo que debas tomarlo esta noche, querida. No estoy seguro de que te haga ningún bien.

Y con calma, pero con la decisión que le caracterizaba, cogió el vaso de manos de Miss Bellever para dejarlo sobre el gran aparador de roble.

—La verdad, Mister Serrocold, no estoy de acuerdo con usted. La señora se encuentra mucho mejor desde que... —Se interrumpió y se volvió airada.

La puerta de entrada se había abierto con violencia y después se había vuelto a cerrar de golpe. Edgar Lawson avanzó por el vestíbulo con el aire de un artista que realiza una entrada triunfal y se detuvo en el centro de la estancia, tratando de impresionar con su actitud.

Resultaba ridículo..., y dijo con entonación teatral:

—Al fin te he encontrado. ¡Oh, mi enemigo!

Se había dirigido a Lewis Serrocold, quien parecía muy sorprendido.

—¡Vaya, Edgar! ¿Qué ocurre?

—¿Y tú me lo dices..., tú? Sabes muy bien lo que pasa. Has estado engañándome, espiándome, trabajando en mi contra.

Lewis le tomó del brazo.

—Vamos, vamos, muchacho, no te pongas nervioso. Cuéntamelo todo con calma. Ven a mi despacho.

Le condujo hasta la puerta de la derecha, que cerró tras de sí.

Luego se oyó el ruido de una llave al girar en la cerradura.

Miss Bellever miró a la solterona mientras la misma

idea cruzaba por las mentes de ambas. No era Lewis Serrocold quien había echado la llave.

—Ese joven está perdiendo la cabeza —opinó Miss Bellever—. No me parece de fiar.

—Está completamente desequilibrado y no agradece en absoluto lo que se hace por él —afirmó Mildred—. No te queda más remedio que reconocerlo, madre.

—No es malo —murmuró Carrie Louise con un leve suspiro—. Quiere mucho a Lewis.

Miss Marple la miró intrigada. No hubo precisamente afecto en la expresión de Edgar momentos antes, cuando se había dirigido a Lewis Serrocold, sino todo lo contrario. Se preguntaba, como tantas otras veces, si Carrie Louise no volvía la espalda a la realidad de forma deliberada.

Gina dijo con acritud:

—Llevaba algo en el bolsillo. Me refiero a Edgar. Jugueteaba con eso.

Stephen separó las manos de las teclas y declaró:

—En cualquier película sería un revólver.

Miss Marple carraspeó.

—Creo que usted sabe que era un revólver.

A través de la puerta cerrada del despacho de Lewis el rumor de las voces era apenas audible, pero de pronto resonó con claridad. Edgar Lawson gritaba mientras la voz de Lewis Serrocold conservaba el mismo tono razonable.

—Mentiras..., mentiras..., mentiras..., todo mentiras. Yo soy tu hijo. Me has privado de mis derechos. Yo debería poseer esta casa. Me odias... Quieres librarte de mí.

Se oyó un murmullo; sin duda era Lewis quien hablaba, pero luego aquella voz histérica volvió a dejarse oír con más fuerza soltando improperios. Al parecer, Edgar estaba perdiendo el control. Siguieron unas palabras de Lewis.

—... Calma..., ten calma..., sabes que nada de eso es cierto.

Pero, al parecer, estas no consiguieron apaciguarle sino que, por el contrario, acrecentaron su furor.

En el vestíbulo todos guardaban silencio, pendientes de lo que ocurría tras la puerta del despacho de Lewis.

—¡Haré que me escuches! —chillaba Edgar—. Te quitaré esa expresión altanera del rostro. Me vengaré, te lo aseguro. Me vengaré por lo que me has hecho sufrir.

La voz de Lewis sonó cortante, cosa inaudita en él.

—¡Aparta ese revólver!

Gina gritó:

—Edgar le matará. Está loco. ¿No deberíamos avisar a la policía, o hacer algo?

Carrie Louise repuso con suavidad y sin apenas moverse:

—No te preocupes, Gina. Edgar quiere a Lewis. Solo está haciendo teatro, eso es todo.

Se oyó la risa de Edgar, que a Miss Marple le pareció la de un perturbado.

—Sí. Tengo un revólver... y está cargado. No digas

nada y no te muevas. Ahora tienes que escucharme. Eres tú quien ha maquinado esta conspiración contra mí y vas a pagarlo caro.

Les sobresaltó una explosión parecida a la de un disparo, pero Carrie Louise dijo:

—No ha sido nada, ha sonado ahí fuera, en algún lugar del jardín.

Tras la puerta cerrada Edgar continuaba gritando:

—¡Y sigues ahí sentado mirándome..., mirándome... inmóvil! ¿Por qué no te pones de rodillas suplicándome piedad? Voy a disparar, te lo aseguro. ¡Dispararé! Soy tu hijo..., tu hijo desconocido y despreciado... Querías mantenerme oculto, o tal vez que desapareciera del mapa. Pusiste espías para que me vigilaran..., para que me persiguieran..., organizaste un complot contra mí. ¡Tú! ¡Mi padre! Solo soy un bastardo, ¿no es cierto? Y me has estado contando mentiras. Fingiendo ser bueno conmigo... todo este tiempo..., todo este tiempo... No mereces seguir viviendo. No lo consentiré.

De nuevo volvió a soltar una letanía de insultos. Durante aquella escena Miss Marple tuvo la conciencia de que alguien decía:

—Tenemos que hacer algo. —Y abandonó a grandes pasos la estancia.

Edgar parecía haberse callado para tomar aliento, pues volvía a gritar:

—¡Vas a morir..., a morir. Vas a morir ahora! ¡Toma esto, demonio, y esto!

Se oyeron dos disparos. Esta vez, sin lugar a dudas,

no resonaron en el parque, sino tras aquella puerta cerrada.

Alguien, Miss Marple creyó que fue Mildred, chilló:

—¡Oh, Dios mío, ¿qué vamos a hacer?!

Se oyó un golpe como el de un cuerpo al caer al suelo y luego un ruido más terrible que todo lo anterior: el jadear de una respiración entrecortada.

Alguien pasó junto a Miss Marple y fue a golpear la puerta. Era Stephen Restarick.

—Abrid la puerta. Abrid la puerta.

Miss Bellever volvió a entrar en el vestíbulo con un manojo de llaves.

—Pruebe con alguna de estas —señaló casi sin aliento.

En aquel momento volvieron a encenderse las luces. El vestíbulo cobró de nuevo vida después de la densa oscuridad.

Stephen Restarick comenzó a probar las llaves.

Al hacerlo oyeron caer la llave detrás de la puerta. Dentro, seguía la anhelante respiración.

Walter Hudd llegó caminando tranquilamente y se detuvo en seco para preguntar:

—Díganme, ¿qué ocurre?

Mildred le dijo entre lágrimas:

—Ese loco ha disparado contra Mister Serrocold.

—Por favor. —Fue Carrie Louise quien habló. Se había levantado para acercarse a la puerta del despacho y con un gesto amable hizo que Stephen se apartara—. Dejadme que hable con él. Edgar..., Edgar... —pidió muy dulcemente—. Déjeme entrar, ¿quiere? Por favor, Edgar.

Oyeron girar la llave en la cerradura y la puerta se abrió despacio.

Pero no era Edgar quien la había abierto, sino Lewis Serrocold. Respiraba con dificultad, como si hubiera estado corriendo, pero por lo demás se le veía impasible.

—Está perfectamente, querida —le confirmó—. Todo está bien.

—Pensábamos que habría disparado contra usted —indicó Miss Bellever.

Lewis frunció el ceño y repuso con ligera aspereza en su voz:

—Claro que no ha disparado.

Ahora podían ver el interior del despacho. Edgar Lawson estaba de bruces sobre la mesa escritorio, sollozando. El revólver descansaba en el suelo.

—Pero hemos oído los disparos... —dijo Mildred.

—Oh, sí, ha hecho fuego dos veces.

—¿Y no te ha dado?

—Claro que no.

A Miss Marple no lo pareció tan evidente, ya que debió de disparar a muy poca distancia.

Lewis Serrocold exclamó irritado:

—¿Dónde está Maverick? Es a Maverick a quien necesitamos.

—Iré a buscarle —contestó Miss Bellever—. ¿Tengo que avisar también a la policía?

—¿A la policía? Desde luego que no.

—Claro que hay que llamar a la policía —replicó Mildred—. Es peligroso.

—Tonterías —insistió Lewis Serrocold—. Pobre muchacho. ¿Tiene aspecto de ser peligroso?

En aquellos momentos, Edgar Lawson parecía muy joven, desgraciado y bastante repulsivo. Su voz había perdido su entonación estudiada.

—No tenía intención de hacerlo. —Sollozó—. No sé lo que se me ha pasado por la cabeza como para decir todas esas cosas..., debo de estar loco.

Mildred aspiró con fuerza.

—Debo de estar completamente loco. Ha sido sin querer. Por favor, Mister Serrocold, no tenía intención de hacerle daño.

Lewis le dio unas palmaditas en el hombro.

—Está bien, muchacho. No ha pasado nada.

—Podría haberle matado.

Walter Hudd cruzó la estancia y observó la pared detrás del escritorio.

—Las balas están aquí. —Y, mirando la colocación del escritorio y el sillón, agregó—: Deben de haberle pasado rozando.

—He perdido la cabeza. No sabía lo que hacía. Pensaba que me había privado de mis derechos. Pensaba...

Miss Marple aventuró la pregunta que deseaba formular:

—¿Quién le dijo que Mister Serrocold era su padre?

Por un segundo apareció una expresión recelosa en el alterado rostro de Edgar. Fue como un relámpago.

—Nadie —repuso—. Se me ocurrió a mí.

Walter Hudd miraba el revólver, que seguía tirado en el suelo.

—¿Dónde diablos encontraste este revólver? —quiso saber.

—¿Revólver? —Edgar, sobresaltado, miró al suelo. —Parece exactamente igual que el mío. —Se agachó para recogerlo—. ¡Y vaya si lo es! Lo cogiste de mi habitación, miserable gusano.

Lewis Serrocold se interpuso entre el abatido Edgar y el estadounidense.

—Todo esto puede arreglarse después —aseguró—. Ah, ahí está Maverick. ¿Quieres echarle una ojeada, Maverick?

El doctor se acercó a Edgar con aire profesional.

—Eso no se hace, Edgar. Ya sabes que no se hace.

—Es un loco peligroso —afirmó Mildred con acritud—. Ha estado delirando y luego ha disparado contra mi padre. Por suerte, no le ha dado.

Edgar exhaló un gemido y el doctor Maverick dijo molesto:

—Por favor, tenga cuidado, Mistress Strete.

—Estoy harta de todo esto. ¡Harta del modo como se comportan todos! Le digo que este hombre está loco.

Con un movimiento brusco, Edgar se separó del doctor Maverick y cayó a los pies de Mister Serrocold.

—Ayúdeme, ayúdeme. No permita que me encierren. No les deje...

«Una escena desagradable», pensó con tristeza Miss Marple.

—Les digo que es... —Mildred estaba indignada.

—Por favor, Mildred —pidió su madre, con actitud conciliadora—. Ahora no. ¿No ves que está sufriendo?

—¡Un loco que sufre! —murmuró Walter—. Todos esos muchachos lo hacen.

—Yo me ocuparé de él —señaló el doctor Maverick—. Ven conmigo, Edgar. Te llevaré a la cama, te daré un calmante... y hablaremos de todo esto mañana. Ahora confía en mí. ¿Quieres?

Algo tembloroso, Edgar consiguió ponerse en pie mirando vacilante primero al joven doctor y después a Mildred Strete.

—Ella dice... que estoy loco.

—No... No lo estás.

Se oyeron los pasos apresurados de Miss Bellever, que llegaba por el vestíbulo con los labios apretados y el rostro enrojecido.

—He telefoneado a la policía —dijo secamente—. Estarán aquí dentro de pocos minutos.

Carrie Louise exclamó:

—¡Jolly!

Lewis Serrocold frunció el ceño.

—Jolly, le dije que no quería que avisara a la policía. Esta es una cuestión privada.

—Es posible —repuso Miss Bellever—. Pero yo tengo mi propia opinión. Debía llamarlos. Acaban de asesinar a Mister Gulbrandsen.

Capítulo 8

Pasaron uno o dos segundos antes de que la comprendieran. Carrie Louise dijo sin dar crédito:

—¿Christian, asesinado? ¿Muerto de un disparo? Oh, eso es imposible.

—Si no me creen —repuso Miss Bellever, dirigiéndose no sólo a Carrie Louise, sino a toda la concurrencia—, véanlo por ustedes mismos.

Estaba furiosa, y su enfado se notaba en el tono crispado de su voz.

Despacio, como si no estuviera del todo convencida, Carrie Louise dio un paso en dirección a la puerta. Lewis Serrocold la detuvo sujetándola por el hombro.

—No, querida; deja que vaya yo.

Y salió del vestíbulo. El doctor Maverick, después de dirigir una mirada a Edgar, le siguió, y Miss Bellever fue tras ellos.

Miss Marple le pidió a Carrie Louise que se sentara, y esta la obedeció apesadumbrada.

—¿Christian..., muerto? —volvió a decir con el asombro propio de una niña.

Walter Hudd permaneció junto a Edgar Lawson mirándolo ceñudo mientras sostenía el revólver que acababa de coger del suelo.

Mistress Serrocold volvió a decir con extrañeza:

—Pero ¿quién iba a querer matar a Christian? —Era indudable que aguardaba una respuesta.

—¡Bah! Cualquiera de ellos —murmuró Walter.

Stephen, con ademán protector, dio un paso hacia Gina, cuyo rostro pletórico de vida era lo más atrayente de la habitación.

De pronto se abrió la puerta principal y, acompañado de una ráfaga de aire frío, entró un hombre con un grueso abrigo.

Su caluroso saludo resultaba algo desconcertante.

—Hola a todo el mundo. ¿Cómo va la noche? Hay muchísima niebla en la carretera. He tenido que venir muy despacio.

Por unos instantes Miss Marple pensó que estaba viendo doble. No era posible que el mismo hombre pudiera estar al lado de Gina y a la vez entrando en la habitación. Entonces pudo darse cuenta de que ambos tenían un gran parecido, aunque disminuía cuando se los observaba de cerca. Estaba bien claro que aquellos dos hombres eran hermanos y que se parecían mucho, pero nada más.

Stephen Restarick era delgado en extremo. En cambio, el recién llegado era un tipo normal. El enorme abrigo con cuello de astracán le sentaba perfectamente. Era un hombre atractivo, de esos que dan la sensación de autoridad, buen humor y éxito.

Pero Miss Marple pudo observar además otra cosa: que sus ojos se fijaron en Gina en cuanto entró en el vestíbulo.

—¿Me esperabais? —preguntó—. ¿Recibisteis mi telegrama? —Se dirigía a Carrie Louise, y se acercó a ella.

Casi mecánicamente, ella le tendió la mano, que él besó con respeto. Fue un saludo afectuoso, no una mera cortesía.

—Claro, querido Alex, claro. Solo que, ¿sabes?, han ocurrido cosas.

—¿Qué ha sucedido?

Mildred le informó con cierta fruición, que Miss Marple consideró de mal gusto.

—Han encontrado muerto a mi hermano Christian Gulbrandsen.

—¡Cielos! ¿Quieres decir que se ha suicidado?

—Oh, no —se apresuró a decir Carrie Louise—. Imposible. Christian, ¡no! Oh, no.

—El tío Christian no era capaz de suicidarse, estoy segura —dijo Gina.

Alex Restarick fue mirándolos a todos uno a uno. Su hermano Stephen hizo una inclinación de cabeza, asintiendo. Walter Hudd le devolvió la mirada con cierto resentimiento. Los ojos de Alex se fijaron en Miss Marple y frunció el ceño. Era como si hubiera encontrado un adorno donde no deseaba verlo.

Se notaba que le hubiese gustado que le aclararan

la presencia de aquella mujer en la casa, pero nadie lo hizo, y Miss Marple siguió dando la impresión de ser una anciana dulce y distraída.

—¿Cuándo? —preguntó Alex—. ¿Cuándo ha ocurrido, quiero decir?

—Un momento antes de que tú llegaras —le explicó Gina—. Unos tres o cuatro minutos antes... porque, claro, hemos oído el disparo, solo que no hemos hecho caso.

—¿Que no habéis hecho caso? ¿Por qué?

—Pues, verás, estaban ocurriendo otras cosas... —dijo Gina sin respirar apenas.

—Desde luego —agregó Walter Hudd con remarcado énfasis. Jolly Bellever entró en el vestíbulo por la puerta de la biblioteca.

—Mister Serrocold nos ruega que esperemos en la biblioteca. Será más cómodo para la policía. Menos Mistress Serrocold. Ha sufrido un gran shock, Cara. He ordenado que le pongan una botella de agua caliente en la cama. La llevaré arriba y...

—Primero debo ver a Christian.

—Oh, no, querida.

Carrie Louise, poniéndose en pie, repuso:

—Querida Jolly..., tú no lo comprendes. —Miró a su alrededor—. ¿Jane?

Miss Marple se acercó a ella.

—¿Quieres venir conmigo, Jane?

Se dirigieron juntas a la puerta. El doctor Maverick, que entraba en aquel momento, casi tropezó con ellas.

—Doctor Maverick —exclamó Miss Bellever—. Deténgala. Es una imprudencia.

Carrie Louise miró con mucha calma al joven doctor, incluso le sonrió un poco.

—¿Quiere ir... a verle? —le preguntó este.

—Debo hacerlo.

—Lo comprendo. —Se hizo a un lado—. Si usted cree que debe ir, Mistress Serrocold, vaya; pero acuéstese luego y deje que Miss Bellever cuide de usted. De momento es posible que no acuse el golpe, pero le aseguro que se resentirá después.

—Sí. Creo que tiene usted razón; seré razonable. Vamos, Jane.

Las dos ancianas pasaron ante el pie de la escalera al salir del vestíbulo, que tenía a la derecha el comedor y a la izquierda la doble puerta que daba a la cocina, hasta llegar a la habitación de los huéspedes, donde se alojaba Christian Gulbrandsen. Era una estancia amueblada más como sala que como dormitorio. La cama estaba en una alcoba, y una puerta daba al cuarto de baño.

Carrie Louise se detuvo en el umbral de la puerta. Christian Gulbrandsen había estado sentado tras el gran escritorio de caoba, ante una máquina de escribir portátil. Y allí seguía, pero caído hacia atrás en el sillón.

Lewis Serrocold estaba de pie junto a la ventana. Había separado un poco la cortina y miraba al exterior.

Se volvió hacia atrás y frunció el ceño.

—Querida, no deberías haber venido.

Fue hacia Carrie Louise y ella le tendió una mano. Miss Marple se apartó un poco.

—Oh, sí, Lewis. Tenía que... verle. Hay que saber exactamente cómo han ocurrido las cosas.

Se acercó despacio al escritorio. Lewis le advirtió.

—No puedes tocar nada. La policía debe ver las cosas tal como las hemos encontrado.

—Claro. Entonces ¿lo han asesinado?

—Oh, sí. —Lewis Serrocold pareció sorprenderse de que le hiciera aquella pregunta—. Pensaba que ya lo sabías.

—Lo sabía. Christian no sería capaz de suicidarse y además era una persona tan sensata que no es posible que le haya ocurrido un accidente. Solo queda la posibilidad de... —vaciló— un asesinato.

Se aproximó a la mesa y se quedó mirando el cadáver con un afecto y una tristeza muy sinceros.

—Mi querido Christian. Siempre fue bueno conmigo.

Le tocó con suavidad la cabeza con la punta de los dedos.

—Dios te bendiga, y gracias, querido Christian —dijo.

Lewis Serrocold parecía más emocionado de lo que nunca le había visto Miss Marple.

—Quisiera haberte podido evitar esto, Caroline.

—Uno no puede evitar a los demás lo que quisiera —repuso ella—. Más pronto o más tarde hay que hacer frente a los hechos. Y es mejor que sea cuanto antes. Me figuro que te quedarás aquí hasta que llegue la policía.

—Sí.

Carrie Louise se volvió para marcharse y Miss Marple la rodeó con el brazo.

Capítulo 9

El inspector Curry y sus acompañantes encontraron sola en el Gran Vestíbulo a Miss Bellever, que salió a recibirlos.

—Soy Jolly Bellever, compañera y secretaria de Mistress Serrocold.

—¿Fue usted quien ha encontrado el cadáver y nos ha telefoneado?

—Sí. Casi todas las personas que habitan en esta casa están reunidas en la biblioteca, al otro lado de esa puerta. Mister Serrocold se ha quedado en la habitación de Mister Gulbrandsen para procurar que nadie toque nada. El doctor Maverick, que ha sido el primero en examinar el cadáver, estará aquí enseguida. Ha tenido que llevar a un... a uno de los muchachos a la otra ala del edificio. ¿Quieren que les muestre el camino?

—Sí, haga el favor.

«Una mujer muy competente —pensó el inspector—. Parece haberlo resuelto todo.»

La siguieron por el pasillo.

Durante los veinte minutos siguientes, la policía llevó a cabo su metódica inspección. El fotógrafo hizo las fotografías pertinentes. Llegó el forense y se reunió con el doctor Maverick. Media hora más tarde, una ambulancia se llevaba los restos mortales de Christian Gulbrandsen, y el inspector Curry se dispuso a comenzar el interrogatorio oficial.

Lewis Serrocold le acompañó hasta la biblioteca, donde miró inquisitivamente a los reunidos, tomando notas mentales. Una anciana de cabellos blancos, una mujer de mediana edad, la bonita muchacha que él había visto algunas veces conduciendo un coche por los alrededores, y aquel ceñudo estadounidense que era su marido. Un par de hombres jóvenes que de un modo u otro estaban mezclados en el suceso, y aquella mujer tan dispuesta, Miss Bellever, que le había telefoneado y recibido a su llegada.

El inspector Curry había preparado su discurso y decidió que había llegado el momento de soltarlo.

—Me temo que todo esto resultará muy molesto para ustedes —les dijo—, y espero no entretenerlos mucho esta noche. Mañana podremos repasar mejor las cosas. Ha sido Miss Bellever quien ha descubierto el cadáver de Mister Gulbrandsen y por eso le pido que sea ella quien me haga un esquema de la situación general, lo cual nos evitará muchas repeticiones. Mister Serrocold, si lo desea, puede subir a hacer compañía a su esposa, y cuando yo haya terminado con Miss Bellever, quisiera hablar con usted. ¿Está claro? ¿Hay alguna habitación pequeña donde...?

—En mi propio despacho, Jolly —dijo Lewis Serrocold.

—Eso mismo iba a sugerirle —repuso la aludida.

Cruzó el amplio vestíbulo seguida del inspector y su ayudante.

Miss Bellever procuró que se instalaran cómodamente. Parecía ser ella y no el inspector Curry quien dirigía la investigación. Sin embargo, había llegado el momento de tomar la iniciativa. El inspector Curry tenía una voz agradable y modales corteses. Estaba tranquilo, era un hombre serio, y daba la sensación de querer disculpar su intromisión. Algunas personas cometían el error de no saber apreciarle. Era tan importante para su trabajo como Miss Bellever para el suyo, pero prefería no hacer alarde de ello.

Se aclaró la garganta.

—Conozco algunos hechos personales por boca de Mister Serrocold. Mister Christian Gulbrandsen era el hijo mayor del finado, Eric Gulbrandsen, el fundador del Trust Gulbrandsen y Compañía... y todo lo demás. Era uno de los socios de esta institución y llegó ayer inesperadamente. ¿Es así?

—Sí.

El inspector Curry pareció satisfecho de sus conocimientos y se dispuso a continuar.

—Mister Serrocold estaba en Liverpool. Ha regresado esta tarde en el tren de las seis y media.

—Sí.

—Esta noche, después de cenar, Mister Gulbrandsen quería trabajar en su habitación, y se ha retirado poco después de que se sirviera el café. ¿Correcto?

—Sí.

—Ahora, Miss Bellever, cuénteme cómo ha descubierto el cadáver.

—Esta noche se ha registrado un accidente bastante desagradable. Un joven, un caso psicopático, ha venido muy alterado y ha amenazado a Mister Serrocold con un revólver. Estaban encerrados en esta habitación. El muchacho ha disparado, puede ver los agujeros de las balas en esa pared. Por fortuna, Mister Serrocold ha resultado ileso. Después de disparar, el joven ha quedado anonadado, y Mister Serrocold me ha enviado a buscar al doctor Maverick. Le he llamado por el teléfono interior, pero no estaba en su habitación. Le he encontrado con uno de sus colegas, y cuando le he dado el recado, ha venido aquí de inmediato. Mientras regresaba, he ido a la habitación de Mister Gulbrandsen. Quería preguntarle si necesitaba alguna cosa..., leche caliente, o whisky, antes de acostarse. He llamado, pero no he obtenido respuesta, así que he abierto la puerta. He visto que estaba muerto y le he telefoneado a usted.

—¿Cuántas puertas de entrada y salida hay en la casa? ¿Y cómo se cierran? ¿Es posible que entrara alguien sin ser visto ni oído?

—Cualquiera puede haber entrado por la puerta lateral izquierda. No se cierra hasta que todos se han retirado, y es por donde se sale para ir a los edificios del colegio.

—¿Y hay unos doscientos o doscientos cincuenta jóvenes delincuentes en este colegio?

—Sí, pero esos edificios están bien vigilados. Me atrevo a asegurar que es casi imposible que alguien pueda salir de allí sin ser visto.

—Tendremos que comprobarlo, naturalmente. ¿Mister Gulbrandsen había dado motivos para..., cómo decirlo..., para que le guardasen rencor? ¿O había tomado alguna decisión en cuanto a la organización que le hiciera impopular?

Miss Bellever negó con la cabeza.

—Oh, no. Mister Gulbrandsen no tenía nada que ver con la marcha del colegio ni con su administración.

—¿Cuál fue el motivo de su visita?

—No tengo la menor idea.

—Pero le contrarió no encontrar a Mister Serrocold y de inmediato decidió esperar su regreso.

—Sí.

—¿Así que su intención, en definitiva, era hablar con Mister Serrocold?

—Sí. Puede ser..., por ciertos asuntos relacionados con el instituto.

—Sí, es de presumir. ¿Se reunió con Mister Serrocold?

—No, no le dio tiempo. Mister Serrocold ha llegado precisamente hoy antes de cenar.

—Pero después de terminar la cena, Mister Gulbrandsen ha dicho que tenía que escribir unas cartas importantes y se ha retirado. ¿No ha propuesto celebrar una reunión con Mister Serrocold?

—No lo ha hecho —repuso Miss Bellever tras unos instantes de vacilación.

—Desde luego, es bastante extraño... si es que se había quedado expresamente para verle.

—Sí, es extraño.

Parecía que Miss Bellever reparaba en ello por primera vez.

—¿Mister Serrocold no le ha acompañado a su habitación?

—No, se ha quedado en el vestíbulo.

—¿Y no tiene usted idea de qué hora era cuando han asesinado a Mister Gulbrandsen?

—Creo que es posible que fuese el disparo que hemos oído. De ser así, ha sido a las nueve y veintitrés minutos.

—¿Han oído el disparo y no se han alarmado?

—Las circunstancias eran algo anormales.

Y le explicó algo más detalladamente la escena que había tenido lugar entre Mister Lewis Serrocold y Edgar Lawson.

—¿Y por eso a ninguno se le ha ocurrido que el disparo podía venir de dentro de la casa?

—No. Yo, desde luego, no lo he pensado. Nos hemos sentido muy aliviados al ver que no provenía de esa habitación.

Y agregó con aspereza:

—No es de esperar que en una misma casa y la misma noche se registren un crimen y un intento de asesinato.

El inspector Curry tuvo que admitir aquello como lógico.

—De todas formas —dijo de pronto Miss Bellever—, creo que eso ha sido lo que me ha impulsado más tarde a dirigirme a la habitación de Mister Gulbrandsen. Tenía la intención de preguntarle si necesitaba alguna cosa, pero era una excusa para asegurarme de que todo marchaba bien.

El inspector Curry la observó unos instantes.

—¿Qué es lo que le ha hecho pensar que algo pudiera ir mal?

—No lo sé. Creo que ha debido de ser aquella explosión. En ese momento no le he dado importancia, pero luego ha vuelto a mi mente. Me he dicho que debía de haber sido un ruido provocado por el automóvil de Mister Restarick...

—¿Por el automóvil de Mister Restarick?

—Sí, Alex Restarick. Ha llegado esta noche en su coche... justo después de todo lo ocurrido.

—Ya. Cuando ha descubierto el cadáver de Mister Gulbrandsen, ¿ha tocado alguna cosa de la habitación?

—Claro que no —repuso Miss Bellever algo molesta—. Sabía que no había que tocar ni mover nada. He visto la herida en la cabeza, pero puesto que no se veía arma alguna, he pensado que lo habían asesinado.

—Y ahora, cuando nos ha acompañado hasta allí,

¿estaba todo exactamente igual a como estaba cuando usted ha descubierto el cadáver?

Miss Bellever recapacitó unos momentos. Se echó atrás entrecerrando los ojos. El inspector Curry pensó que era de esas personas que poseen una memoria fotográfica.

—Una cosa no estaba igual. Ahora no había nada en la máquina de escribir.

—¿Quiere usted decir que la primera vez que ha entrado en la habitación de Mister Gulbrandsen ha podido observar que él había estado escribiendo una carta, y que esa carta ya no estaba cuando usted ha vuelto?

—Sí, estoy casi segura de que he visto una hoja de papel blanco puesta en la máquina.

—Gracias, Miss Bellever. ¿Quién más ha entrado en esa habitación antes de que llegásemos nosotros?

—Mister Serrocold, claro. Se ha quedado allí cuando he venido a recibirles a ustedes. Y Mistress Serrocold y Miss Marple han ido también. La señora ha insistido mucho.

—¿Mistress Serrocold y Miss Marple? ¿Quién es Miss Marple?

—Esa anciana de cabellos blancos. Fue compañera de colegio de Mistress Serrocold. Llegó hace unos cuatro días para pasar aquí una temporada.

—Bien, gracias, Miss Bellever. Todo lo que nos ha dicho usted está muy claro. Ahora quisiera hablar con Mister Serrocold. Ah, pero primero tal vez con Miss Marple..., esa anciana. ¿No se llama así? Después podría irse a descansar. Es bastante cruel tenerla despierta hasta tan tarde —dijo el inspector Curry—. Debe de haber sido un gran golpe para ella.

—La avisaré, ¿quiere?

—Si me hace el favor...

Miss Bellever abandonó la habitación y Curry se preguntó mirando al techo:

—¿Gulbrandsen? ¿Por qué Gulbrandsen? Doscientos jóvenes desequilibrados. No hay razón para que no haya sido uno de ellos. Probablemente así ha sido. Pero ¿por qué Gulbrandsen? El único forastero entre estas paredes.

El sargento Lake dijo:

—Claro que todavía no lo sabemos todo.

—Hasta ahora, no sabemos nada en absoluto —repuso el inspector.

Se puso en pie galantemente al ver entrar a Miss Marple. Estaba algo ruborizada y él se apresuró a tranquilizarla.

—No se preocupe, señora. —A las ancianas les gustaba que las llamasen «señora», pensó el inspector. Para ellas, los policías eran de clase inferior y quiso demostrarle que sabía respetarla—. Todo esto es muy molesto, lo sé. Pero es necesario para aclarar el asunto.

—Oh, sí, lo sé —aseguró Miss Marple—. Es muy difícil, ¿verdad? Me refiero a sacar algo en claro. Porque cuando uno mira una cosa no puede ver las otras. Y a menudo nos fijamos en lo más equivocado, aunque es difícil saber si lo hacemos porque sí o intencionadamente. Equivocamos la dirección, como dicen los ilusionistas. Qué listos son, ¿verdad? Y nunca he sabido cómo pueden arreglárselas con una pecera llena de peces...

El inspector Curry parpadeó y dijo, para traerla a la realidad:

—Tiene usted razón, señora. Conozco los acontecimientos que han tenido lugar esta noche. Miss Bellever me ha puesto al corriente. Estoy seguro de que habrán pasado muy mal rato.

—Sí, desde luego. Ha sido todo tan dramático...

—Primero esa barahúnda entre Mister Serrocold y... —se detuvo para consultar sus notas— ese tal Lawson.

—Un muchacho muy extraño —dijo Miss Marple—. Durante todo este tiempo me ha parecido ver algo raro en él.

—La creo. Y luego, una vez terminado ese penoso altercado, se ha producido la muerte de Mister Gulbrandsen. Tengo entendido que usted ha acompañado a Mistress Serrocold a ver el... el... cadáver.

—Sí. Me ha pedido que fuese con ella. Somos viejas amigas.

—Exacto. Y han ido a la habitación de Mister Gulbrandsen. ¿Alguna de ustedes ha tocado alguna cosa mientras han estado en la habitación?

—Oh, no. Mister Serrocold nos ha advertido que no lo hiciéramos.

—¿Se ha fijado en si había una carta o un pedazo de papel puesto en la máquina de escribir?

—No había ninguno —repuso Miss Marple sin vacilar—. Me he fijado porque me ha parecido extraño. Mister Gulbrandsen estaba sentado ante la máquina, así que debía de estar escribiendo algo. Sí, lo he encontrado muy raro.

—¿Habló mucho con Mister Gulbrandsen mientras estuvo aquí?

—Muy poco.

—¿No hay nada especial... o significativo que usted recuerde?

Miss Marple meditó unos instantes.

—Me preguntó por la salud de Mistress Serrocold. Por su corazón, en particular.

—¿Su corazón? ¿Es que acaso padece del corazón?

—En absoluto, según tengo entendido.

El inspector Curry guardó silencio un par de segundos; luego quiso saber:

—¿Ha oído usted una explosión esta noche, durante la disputa entre Mister Serrocold y Edgar Lawson?

—Yo no la he oído. Soy un poco sorda, ¿sabe? Pero Mistress Serrocold ha dicho que había ocurrido dentro del parque.

—Según creo, Mister Gulbrandsen ha abandonado la reunión inmediatamente después de cenar.

—Sí, ha dicho que tenía que escribir unas cartas.

—¿Ha mostrado algún interés en celebrar una reunión de negocios con Mister Serrocold?

—No. —Y agregó—: Ya habían mantenido una pequeña conversación.

—¿Sí? ¿Cuándo? Creía que Mister Serrocold había llegado precisamente antes de cenar.

—Eso es del todo cierto, pero cuando llegaba por el parque, Mister Gulbrandsen ha salido a su encuentro y han estado paseando por la terraza.

—¿Quién más lo sabe?

—Me parece que nadie más —respondió Miss Marple—. A no ser que Mister Serrocold se lo dijera a su esposa. Ha dado la casualidad de que yo estaba mirando por la ventana..., observando unos pájaros.

—¿Pájaros?

—Sí, pájaros. —Y añadió al cabo de unos instantes—: Creo que tal vez eran verderones.

Al inspector Curry no le interesaban en absoluto los verderones.

—¿Y por casualidad... —preguntó de un modo delicado— no ha oído algo de lo que decían?

—Solo algunas palabras sueltas.

—¿Cuáles han sido?

Miss Marple guardó silencio unos momentos antes de contestar.

—No sé exactamente cuál sería el tema de su conversación, pero su preocupación era que no llegara a conocimiento de Mistress Serrocold. «Cómo evitar que lo sepa», eso es lo que ha dicho Mister Gulbrandsen, y Mister Serrocold ha contestado: «Estoy de acuerdo contigo. Es en ella en quien debemos pensar ante todo». También han hablado de «una responsabilidad demasiado grande» y de que tal vez deberían «pedir consejo». —Hizo una pausa—. ¿Sabe? Creo que será mejor que se lo pregunte a Mister Serrocold.

—Lo haremos, señora. ¿Y no recuerda nada más que le haya parecido extraño esta tarde?

—Pues todo...

—Desde luego, desde luego.

Algo acudió a la memoria de Miss Marple.

—Ha habido otro incidente bastante curioso. Mister Serrocold ha impedido que su esposa tomara su medicina. Miss Bellever quería que la tomara.

Y sonrió sin darle importancia.

—Pero, claro, es un detalle tan insignificante...

—Sí, claro. Bien, muchas gracias, Miss Marple. Esto es todo, de momento.

Cuando la solterona hubo salido de la estancia, el sargento Lake comentó con el inspector:

—Es vieja, pero astuta.

Curry sonrió, asintiendo.

Capítulo 10

Lewis Serrocold entró en su despacho y se volvió para cerrar la puerta, creando una atmósfera de intimidad. Fue a sentarse, pero no lo hizo en la butaca que acababa de abandonar Miss Marple, sino en su propio sillón, tras la mesa de escritorio. Miss Bellever había ofrecido al inspector una butaca frente a la mesa, como si inconscientemente reservara el sillón de Lewis para cuando él llegara.

Una vez que hubo tomado asiento, Serrocold miró pensativo a los dos policías. Su rostro parecía marchito y fatigado, como el de un hombre que está pasando por una dura prueba, cosa que sorprendió un poco al inspector Curry, porque aunque la muerte de Christian Gulbrandsen había debido de resultar un fuerte golpe para él, no se trataba de ningún pariente cercano ni amigo íntimo, sino de alguien a quien estaba lejanamente ligado a causa de su matrimonio.

Parecía que los papeles se habían cambiado. Daba la sensación de que Lewis Serrocold no estaba allí para responder a las preguntas de la policía, sino para ser él quien interrogase. Su actitud era la de un juez, cosa que irritó un tanto al inspector Curry.

—Ahora, Mister Serrocold...

Lewis siguió sumido en sus pensamientos y dijo con un suspiro:

—Qué difícil es saber lo que debe hacerse.

—Creo que debemos ser nosotros los que nos ocupemos de eso, Mister Serrocold. En cuanto a Mister Gulbrandsen, tengo entendido que llegó de improviso.

—Por completo.

—¿Usted no sabía que iba a venir?

—No tenía la menor idea.

—¿Ni tampoco el motivo de su visita?

Lewis Serrocold repuso tranquilamente:

—Oh, sí, sé a lo que vino. Me lo ha contado.

—¿Cuándo?

—Cuando he llegado de la estación. Estaba esperándome y ha salido a mi encuentro. Hemos hablado en la terraza. Ha sido entonces cuando me ha dicho el motivo que le trajo aquí.

—Negocios relacionados con el Instituto Gulbrandsen, me figuro.

—Oh, no. No tiene nada que ver con eso.

—Miss Bellever ha creído que podía tratarse de eso.

—Naturalmente. Eso es lo que debieron de suponer todos. Gulbrandsen no hizo nada por desmentirlo. Ni yo tampoco.

—¿Por qué, Mister Serrocold?

—Porque consideramos de suma importancia que nadie sospechara el verdadero motivo de su visita.

—¿Y cuál era?

Lewis Serrocold guardó un corto silencio. Suspiró.

—Gulbrandsen acostumbraba a venir un par de veces al año para celebrar reuniones con los socios. La última tuvo lugar el mes pasado. En consecuencia, no era de esperar que volviera hasta dentro de otros cinco meses. Creo, además, que cualquiera pudo darse cuenta de que el asunto que le trajo debía de ser muy urgente, pero sigo pensando que la opinión general fue que vino por negocios, y que el asunto, aunque urgente..., se refería al Trust. Por lo que yo sé, Gulbrandsen no hizo nada por contrarrestar esta impresión..., o tal vez eso me pareció. Sí, quizá esto se acerque más a la verdad...

—Mister Serrocold, temo no comprenderle del todo.

Lewis no contestó de inmediato. Al fin dijo con gravedad:

—Me doy plena cuenta de que debido a la muerte de Gulbrandsen..., de que lo han asesinado..., de eso no hay duda, tengo que exponer todos los hechos ante ustedes. Pero, con franqueza, me preocupa la felicidad y la paz de mi esposa. No tengo derecho a decirle lo que debe hacer, inspector, pero si pudiera evitar que ciertas informaciones llegaran hasta ella, le estaría muy agradecido. Inspector Curry, Christian Gulbrandsen vino aquí expresamente para decirme que a mi esposa la estaban envenenando despacio y a sangre fría desde hacía poco.

Curry se inclinó hacia delante.

—¿Qué?

—Sí, como puede imaginarse, ha sido un golpe tremendo para mí. Yo no sospechaba semejante cosa, pero tan pronto como me lo ha comunicado Christian, me he dado cuenta de que ciertos síntomas que aquejaban últimamente a mi esposa eran compatibles con sus sospechas. Lo que ella y nosotros creíamos que era simple reumatismo, calambres en las piernas, etcétera, podrían ser muy bien síntomas de envenenamiento por arsénico.

—Miss Marple nos ha dicho que Christian Gulbrandsen le preguntó por el estado del corazón de Mistress Serrocold.

—¿Sí? Eso es interesante. Me figuro que pensó que tal vez estuvieran empleando un veneno que atacara el corazón, puesto que conduce a la muerte sin despertar sospechas. Pero yo creo que el arsénico es más discreto.

—Entonces ¿usted cree que las suposiciones de Christian Gulbrandsen tenían fundamento?

—Oh, sí. En primer lugar, no hubiera venido a decírmelo de no estar seguro de ello. Era un hombre prudente y testarudo, difícil de convencer, pero muy astuto.

—¿Cuáles eran sus pruebas?

—No hemos tenido tiempo de llegar a eso. Nuestra conversación ha sido muy corta. Solo ha servido para que me comunicara el motivo de su visita, y para ponernos de acuerdo en no decir nada a mi esposa hasta que estuviéramos seguros de los hechos.

—¿Y de quién sospechaba?

—No lo ha dicho, y ahora creo que no debía de saberlo. Aunque pudo haber sospechado de alguien, pues, de otro modo, ¿por qué iban a asesinarle?

—Pero ¿no ha mencionado ningún nombre?

—No. Nos hemos puesto de acuerdo para investigar el asunto a fondo, y él ha sugerido que le pidiéramos consejo y ayuda al doctor Galbraith, el obispo de Cromer. El doctor Galbraith es un viejo amigo de los Gulbrandsen y uno de los socios del instituto. Un hombre de gran sabiduría y experiencia que habría sido de gran ayuda y consuelo para mi esposa si hubiera sido necesario comunicarle nuestras sospechas. Queríamos que nos aconsejase sobre la conveniencia de llamar o no a la policía.

—Muy astuto —observó Curry.

—Gulbrandsen nos ha dejado, en cuanto ha acabado de cenar, para escribir al doctor Galbraith. Estaba redactando la carta cuando le han disparado.

—¿Cómo lo sabe?

—Porque he cogido la carta, que estaba en la máquina —repuso con calma—. La tengo aquí.

Y, sacando de su bolsillo un papel doblado, se lo tendió a Curry, que le dijo a modo de reproche:

—No debería haberla cogido ni tocado nada de la habitación.

—No he tocado nada más. Sé que ante sus ojos he cometido una falta imperdonable al coger ese papel, pero tenía una razón muy poderosa. Estaba seguro de que mi mujer querría ir a verle y temí que pudiera leer algo de lo escrito. Admito que he hecho mal, pero me temo que volvería a hacerlo otra vez. Haría cualquier cosa, cualquiera, para salvar la felicidad y la vida de mi esposa.

El inspector no dijo nada más por el momento y leyó la hoja escrita a máquina:

Apreciado doctor Galbraith:

De ser posible, le ruego que venga a Stonygates tan pronto como pueda. Estamos atravesando una crisis de extrema gravedad y no sé cómo debo resolverla. Sé lo grande que es su afecto por nuestra querida Carrie Louise, y su interés por todo lo que a ella se refiera. ¿Qué es lo que debe saber? ¿Qué es lo que debemos ocultarle? Estas son las preguntas que no sé cómo responder.

Para no andarme por las ramas: tengo razones para creer que esa dama dulce e inocente está siendo lentamente envenenada. Lo sospeché por primera vez cuando...

Aquí la carta quedaba interrumpida.

—¿Y al llegar a este punto es cuando Christian Gulbrandsen ha recibido el disparo? —dijo Curry.

—Sí.

—Pero ¿cómo han dejado esta carta en la máquina?

—Solo puedo imaginar dos razones... Una, que el asesino no tenía ni idea de lo que Gulbrandsen estaba escribiendo ni a quién. Y segunda..., tal vez no tuviera tiempo que perder. Ha podido oír que alguien se acercaba y ha tenido que escapar para que no lo vieran.

—¿Y Gulbrandsen no le ha insinuado de quién sospechaba..., si es que sospechaba de alguien?

Hubo una pausa antes de que Lewis respondiera.

—No. —Y añadió—: Christian era un hombre muy recto.

—¿Y cómo cree usted que le administraban a su esposa, o le siguen administrando, ese veneno..., arsénico o lo que sea?

—Lo he estado pensando mientras me vestía para la cena, y me ha parecido que el medio más fácil es la medicina, mejor dicho, el tónico que toma mi esposa. Porque en cuanto a los alimentos, todos comemos los mismos y ella no toma nada especial. Pero cualquiera puede añadir arsénico al frasco de la medicina. Eso era lo más lógico.

—Tendremos que pedir que la analicen.

Lewis repuso tranquilamente:

—Ya he preparado una muestra. La he obtenido esta noche, antes de cenar.

Y de un cajón de la mesa sacó una botellita que contenía un líquido rojo.

—Piensa usted en todo, Mister Serrocold —le dijo el inspector Curry con una mirada de suspicacia.

—Creo en las actuaciones rápidas. Esta noche he impedido que mi mujer tomara la dosis acostumbrada. Todavía debe de estar en un vaso sobre el aparador de roble del vestíbulo. El frasco con el tónico está en el comedor.

Curry se inclinó hacia delante y se apoyó en el escritorio. Bajando algo la voz dijo en tono confidencial:

—Usted me perdonará, Mister Serrocold, pero ¿por qué tiene tanto interés en ocultárselo a su esposa?

¿Tiene miedo de que se deje invadir por el pánico? Seguramente, por su propio bien, convendría advertirla.

—Sí..., sí, es posible, pero no creo que me comprenda del todo. Sin conocer a mi esposa, Caroline, es difícil de explicar. Mi esposa, Carrie, es una idealista, una persona llena de confianza en los demás. Puede decirse de ella, sin faltar a la verdad, que no ve el mal, ni lo oye, ni sabe hablar de eso. Le resultaría inconcebible enterarse de que alguien quisiera asesinarla. Pero tenemos que ir algo más lejos. No se trata de una persona cualquiera. En ese caso..., imagino que podrá darse usted cuenta..., tiene que tratarse de alguien que vive muy cerca de ella y que le es muy querido...

—¿Es eso lo que usted cree?

—Tenemos que afrontar los hechos. Al alcance de la mano tenemos un par de cientos de individuos con psicologías torcidas y todavía no desarrolladas, que a menudo se han expresado de un modo violento, insensible y con crudeza. Pero dada la naturaleza de las cosas, ninguno de estos muchachos puede resultar sospechoso en este caso. Para ir envenenando a mi esposa poco a poco, tiene que ser alguien que viva con nosotros. Piense en las personas que están en casa: su esposo, su hija, su nieta, su hijastro, a quien aprecia como a un verdadero hijo, Miss Bellever, su compañera y amiga de tantos años. Todos viven muy cerca de ella y los quiere mucho... y, no obstante, hay que sospechar..., ¿será alguno de ellos?

Curry dijo lentamente:

—Hay más gente...

—Sí, es cierto. El doctor Maverick y uno o dos profesores están a menudo con nosotros. También los criados, pero ¿qué motivos podrían tener?

—Y ese joven..., ¿cuál es su nombre? ¿Edgar Lawson?

—Sí. Pero solo está aquí desde hace poco. No tiene motivos. Además, quiere mucho a Caroline..., como todo el mundo.

—Pero es un desequilibrado. ¿Qué me dice de cómo le ha atacado a usted esta noche?

—Niñerías —repuso impaciente—. No tenía intención de hacerme daño.

—Ah, ¿no? ¿Y esas balas incrustadas en la pared? Ha disparado contra usted, ¿no es cierto? Eso, desde luego, es innegable.

—No ha intentado herirme. Estaba representando una escena, nada más.

—Pues es una manera bastante peligrosa de actuar, Mister Serrocold.

—Usted no lo comprende. Debe hablar con nuestro psiquiatra, el doctor Maverick. Edgar es hijo ilegítimo, y como no conoce a su padre y su origen es indigno se consuela imaginando que es hijo de un hombre célebre. Es una patología muy conocida, se lo aseguro. Estaba mejorando mucho, pero, por alguna razón, tuvo una recaída. Se imaginó que yo era su padre y ha tenido un ataque melodramático, amenazándome con un revólver y soltando improperios. No me he alarmado lo más mínimo. Tras disparar, se ha quedado anonadado y ha comenzado a sollozar hasta que el doctor Maverick se lo ha llevado para darle un sedante. Probablemente mañana por la mañana estará como nuevo.

—¿No desea presentar ningún cargo contra él?

—Eso sería lo peor... para él, quiero decir.

—Con franqueza, Mister Serrocold, creo que debería estar bajo arresto. Las personas que andan por ahí disparando revólveres para satisfacer sus instintos... Uno tiene que pensar en los demás, ¿sabe?

—Hable usted con el doctor Maverick —insistió Lewis—. Él le dará su opinión profesional. En cualquier caso —añadió—, es imposible que el pobre Edgar matara a Gulbrandsen. Estaba ante mí amenazándome con disparar.

—A este punto quería llegar, Mister Serrocold. Hemos observado el exterior. Al parecer, cualquiera podía haber entrado y asesinado a Mister Gulbrandsen, puesto que la puerta de la terraza no estaba cerrada. Pero, en vista de lo que usted me ha estado diciendo, me parece que debemos prestarle mucha atención al interior de la casa. Parece posible que, con excepción de Miss..., sí, Miss Marple, que casualmente estaba mirando por la ventana de su dormitorio, nadie se ha enterado de que usted y Christian Gulbrandsen habían tenido una conversación privada. De ser así, Gulbrandsen podría haber sido asesinado para evitar que le comunicara sus sospechas. Claro que es muy pronto todavía para plantear los otros motivos que pudieran existir. Me figuro que Mister Gulbrandsen sería un hombre rico.

—Sí, era muy rico. Deja hijos, hijas y nietos..., es muy posible que todos ellos se beneficien con su muerte. Pero no creo que ninguno se encuentre en este país, y todos son gente muy respetable. Por lo que yo sé, no creo que haya entre ellos ninguna oveja negra.

—¿Tenía enemigos?

—Me parece bastante improbable. En realidad, no era de esa clase de hombres.

—Así que los sospechosos se reducen a los que viven en la casa. ¿Quién de ellos puede haberle matado?

—Es difícil de decir. Están los criados, los miembros de mi institución y nuestros invitados. Me figuro que, desde su punto de vista, todos, excepto los criados, estaban en el Gran Vestíbulo cuando se ha ido Christian, y mientras yo he permanecido allí nadie lo ha abandonado.

—¿Nadie en absoluto?

—Creo que... —Lewis frunció el ceño, esforzándose por recordar—, oh, sí. Se han apagado algunas luces... y Walter Hudd ha ido a ver lo que sucedía.

—¿Ese es el joven estadounidense?

—Sí... Claro que ignoro lo que ha ocurrido después de que Edgar y yo entráramos aquí.

—¿Y no puede decirme nada más concreto, Mister Serrocold?

—No, me temo que no puedo ayudarle. Es... es todo tan increíble...

El inspector Curry suspiró antes de decir:

—A Mister Gulbrandsen lo han matado con una

pistola automática. ¿Sabe usted si alguien de la casa tenía en su poder un arma semejante?

—No tengo la menor idea, pero lo creo improbable.

El inspector Curry volvió a suspirar.

—Puede decir a los demás que vayan a acostarse. Mañana hablaré con ellos.

Cuando Serrocold hubo salido de la estancia, el inspector Curry le preguntó a Lake:

—Bueno, ¿qué opina usted?

—Que él sabe... o cree saber quién lo hizo —repuso el sargento.

—Sí, estoy de acuerdo con usted. Y que no le gusta nada.

Capítulo 11

I

Gina saludó muy nerviosa a Miss Marple cuando esta bajó a desayunar a la mañana siguiente.

—La policía está aquí otra vez —le dijo—. Se han encerrado en la biblioteca. Wally está fascinado. No comprendo cómo puede estar tan tranquilo. Creo que está emocionadísimo por lo ocurrido. Yo no. Lo aborrezco. Me parece horrible. ¿Por qué cree usted que estoy tan nerviosa? ¿Por tener sangre italiana?

—Es muy posible. Por lo menos, tal vez eso explique por qué no le importa exhibir sus sentimientos.

Miss Marple sonrió al decir esto.

—Jolly está terriblemente furiosa —dijo Gina, colgándose del brazo de Miss Marple para acompañarla al comedor—. Creo que es porque la policía se ha hecho cargo de todo y ella no puede dominarlos como hace con todos nosotros... Alex y Stephen —continuó Gina al entrar en el comedor, donde los dos hermanos terminaban su desayuno— no se preocupan de nada.

—Gina, querida —dijo Alex—, eres muy poco amable. Buenos días, Miss Marple. A mí me preocupa muchísimo el asunto. Por el hecho de que apenas conocía a tu tío Christian, soy el primer sospechoso. Espero que te des cuenta de ello.

—¿Por qué?

—Pues, verás. Yo llegué en mi coche en el preciso momento en que se desarrollaban los acontecimientos. Han estado comprobándolo todo, y al parecer tardé demasiado tiempo en recorrer la distancia que media entre la verja y la casa, el tiempo necesario para dejar el coche, dar la vuelta a la casa, entrar por la puerta lateral, matar a Christian, salir corriendo y volver al automóvil.

—¿Y qué es lo que estuviste haciendo en realidad?

—Creía que a las niñas pequeñas se les enseñaba a no hacer preguntas indiscretas. Pues estuve como un tonto contemplando durante varios minutos el efecto de la niebla y la luz, pensando utilizarlo en el escenario, para mi nuevo ballet.

—¡Pero puedes decírselo a la policía!

—Naturalmente. Pero ya sabes cómo son. Dirán: «Muchas gracias», muy educados, y lo escribirán todo, y uno no puede saber en qué están pensando. Son muy desconfiados...

—Me divertiría mucho viéndote en un apuro, Alex —dijo Stephen con una sonrisa cruel—. ¡Yo estoy a cubierto de toda sospecha! Anoche no me moví del vestíbulo.

Gina exclamó:

—¡Pero no es posible que piensen que ha sido uno de nosotros!

Sus ojos oscuros estaban abiertos por el asombro.

—Que no se te ocurra decir que debe de haber sido un vagabundo, querida —pidió Alex, sirviéndose más mermelada—. Está muy gastado.

Miss Bellever asomó la cabeza por la puerta para decir:

—Miss Marple, cuando haya terminado de desayunar, ¿querrá venir a la biblioteca?

—Usted otra vez —señaló Gina—. Antes que todos nosotros. —Parecía algo ofendida.

—Eh, ¿qué ha sido eso? —preguntó Alex.

—No he oído nada —replicó Stephen.

—Ha sido un disparo de revólver.

—Han estado disparando en la habitación donde asesinaron al tío Christian —explicó Gina—. No sé por qué. Y fuera también.

La puerta volvió a abrirse para dar paso a Mildred, vestida de negro y con un collar de cuentas de ónix.

Dio los buenos días sin mirar a nadie y tomó asiento. Con voz apenas perceptible, se dirigió a Gina.

—Ponme un poco de té, por favor. No quiero comer mucho..., solo unas tostadas.

Con un pañuelito que llevaba en la mano se secó los ojos y las mejillas, con gesto delicado. Luego alzó la vista mirando sin ver a los dos hermanos. Stephen y

Alex parecían incómodos. Sus voces se convirtieron en un susurro y se levantaron para marcharse.

Mistress Strete dijo:

—¡Ni siquiera tienen una maldita coartada!

—Me figuro que no sabrían de antemano que se iba a cometer un crimen —replicó Miss Marple, disculpando a todo el mundo.

Gina ahogó una risita y Mildred la miró duramente.

—¿Dónde está Walter? —quiso saber.

—No lo sé. No lo he visto.

Tenía el aspecto de una chiquilla culpable. Miss Marple se levantó.

—Voy a la biblioteca —anunció.

II

Lewis Serrocold estaba de pie junto a la ventana. No había nadie más en la biblioteca.

Cuando entró Miss Marple, él se dirigió a su encuentro y tomó una de las manos de la anciana entre las suyas.

—Espero que este golpe no la haya afectado mucho —le dijo—. Vivir de cerca un asesinato debe de causar una impresión muy fuerte a quien no ha estado nunca en contacto con estas cosas.

La modestia impidió a Miss Marple contestar que se encontraba tan a gusto como en su casa, a pesar del crimen, y se limitó a decir que la vida en St. Mary Mead no era tan apacible como se creía.

—Suceden cosas muy desagradables en un pueblo, se lo aseguro —le confirmó—. Y una tiene oportunidades de estudiar los hechos, cosa que no le ocurriría nunca en una ciudad.

Lewis Serrocold la escuchaba con indulgencia, pero solo con un oído.

—Necesito su ayuda —declaró sencillamente.

—Pues claro, Mister Serrocold.

—Este es un asunto que afecta a mi esposa... que afecta a Caroline. Creo que usted la quiere de verdad.

—Sí, desde luego. Todo el mundo la quiere.

—Eso es lo que yo creía, pero parece que estaba equivocado. Con el permiso del inspector Curry, voy a decirle algo que nadie sabe todavía, a excepción de una sola persona.

Y le refirió brevemente lo que le había contado al inspector Curry la noche anterior.

Miss Marple estaba horrorizada.

—No puedo creerlo, Mister Serrocold. No puedo creerlo.

—Eso es lo que me pasó a mí cuando me lo dijo Christian Gulbrandsen.

—Yo hubiera dicho que la querida Carrie Louise no tenía un enemigo en todo el mundo.

—Parece increíble que pueda tenerlos. Pero ¿ve usted la complicación? El envenenamiento..., el envenenamiento lento..., solo puede hacerse en la intimidad de la familia. Debe de ser alguien que está entre nosotros.

—Es cierto. ¿Está seguro de que Mister Gulbrandsen no se equivocó?

—Christian no estaba equivocado. Era un hombre demasiado prudente para asegurar sin fundamento una cosa así. Además, la policía analizó una muestra del contenido del frasco de la medicina de Carrie y de la copa que no tomó la otra noche. Encontraron arsénico... y no estaba en la receta. La cantidad exacta tardarán algún tiempo en precisarla, pero se ha comprobado la presencia del veneno.

—Entonces, su reúma..., su dificultad al andar..., todo eso...

—Sí, los calambres en las piernas son típicos, según tengo entendido. Y también, antes de que usted llegara, Caroline sufrió un par de ataques fuertes de tipo gástrico... y no imaginé..., hasta que vino Christian.

Se interrumpió. Miss Marple afirmó con suavidad:

—¡Así pues, Ruth tenía razón!

—¿Ruth?

Lewis Serrocold pareció sorprenderse. Miss Marple se ruborizó.

—Hay algo que no le he dicho. Mi llegada a esta casa no ha sido del todo casual. Si me permite que me explique... Me temo que no sabré contar bien la historia. Por favor, tenga paciencia.

Lewis Serrocold escuchó mientras Miss Marple le hablaba de la inquietud y sospecha de Ruth.

—Es extraordinario —afirmó—. No tenía la menor idea de eso.

—Era todo tan ambiguo... —repuso la solterona—. Ni la misma Ruth sabía por qué tenía esa extraña sensación. Debe de haber una razón... Sé por experiencia que siempre la hay..., pero ella, según me dijo, solo percibió algo raro.

—Bien, parece ser que estaba en lo cierto —convino Lewis con acritud—. Ahora, Miss Marple, ya conoce mi situación. ¿Debo decirle todo esto a Carrie Louise?

—Oh, no —respondió en el acto Miss Marple con voz contrariada.

—Entonces ¿piensa como yo? ¿Y como Christian? ¿Pensaríamos igual si se tratase de una mujer corriente?

—Carrie Louise no es una mujer corriente. Vive porque confía en los demás... Dios mío, estoy impresionada. Pero comprendo que hasta que no sepamos quién...

—Sí, ahí está el quid. Pero ¿se da cuenta, Miss Marple, del riesgo que existe si no decimos nada...?

—¿Y por eso quiere que yo..., cómo diría..., la vigile?

—Compréndame usted, es la única persona en quien puedo confiar —le aseguró Lewis Serrocold con sencillez—. Aquí todo el mundo parece querer mucho a mi esposa. Pero ¿son sinceros? En cambio, usted la conoce desde hace muchos años.

—Y, además, he llegado solo hace unos días —observó Miss Marple.

—Exacto. —Lewis sonreía.

—Es una pregunta poco delicada... —comenzó a decir a modo de disculpa—. Pero ¿quiénes se beneficiarían con la muerte de Carrie Louise?

—¡Dinero! —exclamó Lewis, con amargura—. Siempre tiene la culpa el dinero, ¿no es dolorosamente cierto?

—Bien. Creo que, en este caso, ese detalle tiene importancia. Porque Carrie Louise es una persona agradable y uno no puede imaginar que haya quien la aborrezca. Quiero decir, que no creo que tenga enemigos. Así es que todo hay que atribuirlo, como usted ha dicho, a una cuestión de dinero, ya que no es preciso que le diga, Mister Serrocold, que hay personas que harían cualquier cosa por conseguir el vil metal.

—Me figuro que tiene razón. —Y continuó—: El inspector Curry ya ha considerado esa posibilidad. Mister Gilfoy llega hoy de Nueva York y podrá dar información detallada. Gilfoy, Gilfoy, James y Gilfoy es una eminente firma de abogados. El padre de Gilfoy fue uno de los fundadores y se han encargado del testamento de Caroline y del de Eric Gulbrandsen. Ya la pondré al corriente...

—Gracias —repuso Miss Marple con gratitud—. Las cosas legales siempre me han parecido tan complicadas...

—Eric Gulbrandsen, después de fundar el colegio, varias sociedades y otras empresas benéficas, y de dejar una suma igual a su hija Mildred y a su hija adoptiva Pippa, la madre de Gina, dejó el resto de su inmensa fortuna en custodia, cuya renta debía cobrar Caroline durante toda su vida.

—¿Y después de su muerte?

—Después de su muerte deberá dividirse equitativamente entre Mildred y Pippa... o sus hijos, en el caso de que ellas hubieran precedido a Caroline en el viaje eterno.

—Así que, en resumen, el dinero iría a parar a manos de Mistress Strete y de Gina.

—Sí. Caroline posee también una considerable fortuna, aunque no como la de los Gulbrandsen. La mitad de ella la puso a mi nombre hace cuatro años. Del resto, deja diez mil libras a Jolly Bellever, y todo lo demás irá repartido en partes iguales entre Alex y Stephen Restarick, sus dos hijastros.

—Oh, Dios mío —dijo Miss Marple—. Malo. Muy malo.

—¿Qué quiere decir?

—Que todo el mundo tiene motivos de índole económica.

—Sí. Y, no obstante, no puedo creer que ninguno de los que viven en esta casa sea capaz de cometer un crimen. No puedo... Mildred es su hija... y ya tiene su parte. Gina adora a su abuela. Es generosa y extravagante, pero no tiene sentimientos ambiciosos. Jolly Bellever ha demostrado su afecto por Caroline. Los dos Restarick la quieren como si fuese realmente su madre. No tienen dinero, pero una buena parte de las rentas de Caroline ha servido para financiar sus representaciones, y esto lo digo sobre todo por Alex. Con franqueza, no puedo creer que uno de ellos haya sido capaz de envenenarla a sangre fría por el afán de heredar tras su muerte. No me lo puedo creer, Miss Marple.

—Y también está el esposo de Gina...

—Sí —convino Lewis muy serio—. El esposo de Gina.

—No se sabe gran cosa de él, pero todo el mundo puede darse cuenta de que es un joven muy desgraciado.

Lewis suspiró.

—No se ha adaptado a este ambiente. No siente interés ni simpatía por nuestra obra caritativa. Pero, después de todo, ¿por qué iba a hacerlo? Es joven, rudo y viene de un país donde se aprecia a las personas según el éxito que tienen en la vida.

—Mientras que aquí justificamos todos los fracasos —repuso Miss Marple.

Lewis Serrocold la miraba receloso, cosa que la hizo enrojecer intensamente y murmurar con cierta incoherencia:

—Algunas veces pienso que uno puede sobreponerse a los acontecimientos... Quiero decir que los jóvenes educados en un buen hogar y con la entereza y el valor para salir adelante en la vida..., bueno, son en realidad lo que necesita una nación para existir.

Lewis frunció el entrecejo, y las palabras de Miss Marple fueron volviéndose cada vez más incoherentes.

—No es que no sepa apreciar..., ya lo creo..., la tarea de usted y Carrie Louise, un trabajo noble en verdad..., verdadera compasión..., y hay que tenerla, porque después de todo lo que cuenta es lo que son las personas..., buena y mala suerte..., y se espera mucho más, y con toda razón, de los afortunados. Pero algunas veces considero el propio sentido de la ecuanimidad... Pero, oh, no me refiero a usted, Mister Serrocold. La verdad, no sé lo que quiero decir..., pero los ingleses son bastante extraños en este sentido. Incluso en la guerra se sienten tan orgullosos de sus derrotas y retiradas como de sus victorias. Los extranjeros nunca comprenden por qué están tan orgullosos de Dunkerque. Una de estas cosas que sería preferible no mencionar. Pero nosotros siempre consideramos embarazoso hablar de una victoria..., y ¡fíjese en todos nuestros poetas! La carga de la Brigada Ligera y todo esto... ¡Es realmente una característica muy curiosa!

Miss Marple tomó aliento.

—Lo que quiero decir es que debemos de parecerle bastante originales a este joven Walter Hudd.

—Sí —dijo Lewis—. Comprendo su punto de vista. Y Walter tiene una buena ficha de guerra. No hay duda de su valor.

—No es que eso sirva de gran ayuda —indicó Miss Marple con ingenuidad—. Porque la guerra es una cosa, y la vida cotidiana otra muy distinta. Y para cometer un crimen, creo que se necesita valentía... o tal vez, más a menudo, solo voluntad. Sí, voluntad.

—Pero no me atrevería a decir que Walter Hudd tenga motivos suficientes.

—¿No? —replicó Miss Marple—. Odia vivir aquí. Está deseando marcharse. Quiere llevarse a Gina. Y si es dinero lo que busca en realidad, sería importante para Gina conseguir todo el dinero posible antes de... unirse definitivamente a otra persona.

—Unirse a otra persona —repitió Lewis con asombro.

Miss Marple se maravilló de la ceguera de aquel entusiasta de la reforma de la sociedad.

—Eso es lo que he dicho. Los dos Restarick están enamorados de ella.

—Oh, no lo creo —repuso Lewis. Prosiguió—: Stephen es una gran ayuda para nosotros, una ayuda de un valor incalculable. Lleva a los muchachos con habilidad e interés. Dieron una espléndida representación el mes pasado. Decorados, vestuario, todo hecho por ellos. Eso demuestra, como le digo siempre a Maverick, que es la falta de dramas en sus vidas lo que conduce a esos muchachos a la delincuencia. Es un instinto natural en los niños el dramatizar. Maverick dice..., ah, sí, Maverick.

Lewis se interrumpió.

—Quiero que Maverick vea al inspector Curry para hablarle de Edgar. Todo esto es tan ridículo...

—¿Qué es lo que sabe en realidad de Edgar Lawson, Mister Serrocold?

—Todo —respondió Lewis—. Todo, es decir, todo lo que uno necesita saber. Su nacimiento, educación..., su enorme falta de confianza en sí mismo.

Miss Marple se dispuso a interrumpirle.

—¿No es posible que sea Edgar Lawson quien haya estado envenenando a Mistress Serrocold? —le preguntó.

—Es muy poco probable. Solo está aquí desde hace unas semanas. Y, de todas maneras, ¡es ridículo! ¿Por qué iba a querer envenenar a mi esposa? ¿Qué iba a ganar con ello?

—Nada material, lo sé. Pero pudo tener alguna razón extraña. No es normal, ya sabe.

—¿Quiere decir que está perturbado?

—Eso supongo. No, no del todo. Lo que quiero decir es que no es normal.

No era una manera muy explícita de exponer lo que sentía, pero Lewis Serrocold aceptó sus palabras en su exacto valor.

—Sí —dijo con un suspiro—. No es normal, pobre chico. Y estaba tan recuperado... No puedo comprender esa súbita recaída...

Miss Marple se inclinó hacia delante.

—Sí, eso es lo que quisiera saber. Si...

Se interrumpió al ver al inspector Curry entrar en la habitación.

Capítulo 12

Lewis Serrocold se dirigió hacia la puerta y abandonó la estancia, y el inspector Curry, mientras se sentaba, dirigió una mirada bastante extraña a Miss Marple.

—Conque Mister Serrocold le ha pedido que haga de vigilante, ¿eh? —le dijo.

—Pues sí, señor. —Y añadió, a modo de disculpa—: Espero que no le importe...

—No me importa. Creo que es una buena idea. ¿Sabe Mister Serrocold lo bien dotada que está para desempeñar ese cargo?

—No le comprendo, inspector.

—Ya lo ve. Él cree que usted es solo una anciana muy agradable que fue a la escuela con su esposa. Nosotros sabemos que es algo más que eso, Miss Marple. ¿No es cierto? El crimen no tiene secretos para usted. Mister Serrocold solo conoce uno de los aspectos del crimen..., los principios más elementales. Confieso que yo me equivoco y soy anticuado, pero hay muchos muchachos decentes por ahí, muchachos que agradecerían una oportunidad. Pero la honradez es la única recompensa, los millonarios no dejan sus fortunas para ayudar a los que lo merecen. Bueno..., no me haga caso. Estoy anticuado. He visto a chicos y chicas que teniéndolo todo en contra, un hogar inestable, mala suerte, todas las desventajas posibles, han sabido salir adelante. A esos les dejaría yo mi dinero si lo tuviera. Pero, claro, por eso no lo tendré nunca. Solo mi pensión y un trocito de jardín.

Hizo una pausa y prosiguió:

—El inspector Blackerme habló de usted ayer por la noche. Explicó que usted tenía mucha experiencia para conocer el lado más oscuro de la naturaleza humana. Bien, veamos cuál es su punto de vista. ¿Quién es el que ha de ir a la hoguera? ¿El esposo de Gina?

—Eso sería muy conveniente para todos —repuso Miss Marple.

El inspector Curry sonrió.

—Desde luego, no soy imparcial. Su manera de ser no le ayuda. Veamos su opinión. ¿Quién ha estado envenenando sistemáticamente a Mistress Serrocold?

—Pues uno siempre se siente inclinado a sospechar del esposo. O, en caso contrario, de la esposa. ¿No cree usted que es lo primero que se piensa en un caso de envenenamiento?

—Estoy completamente de acuerdo con usted —dijo el inspector Curry.

—Pero, la verdad..., en este caso... —La solterona meneó la cabeza—. No, con franqueza... no me es posible sospechar de Mister Serrocold. Porque usted sabe, inspector, que quiere de veras a su mujer. Claro que él podría fingir..., pero no lo hace. Es un amor tranquilo, pero auténtico. Quiere a su esposa y estoy del todo segura de que no la envenenaría.

—Sin mencionar el hecho de que no tendría ningún motivo para hacerlo. Ya le ha cedido su dinero.

—Claro que existen otras razones para que un hombre desee quitar de en medio a su esposa —dijo Miss Marple—. Por ejemplo, tener relaciones con alguna joven. Pero, la verdad, no creo que este sea el caso. Mister Serrocold no se comporta como si tuviera preocupaciones de esta índole. Me temo —y parecía pesarosa— que tendremos que descartarle.

—Es lamentable, ¿no le parece? —dijo el inspector, sonriendo—. De todas formas, él no pudo haber matado a Gulbrandsen. Y me parece que no hay duda de que una cosa va unida a la otra. Quienquiera que esté envenenando a Mistress Serrocold mató a Gulbrandsen para impedir que hablase. Lo que hemos de considerar ahora es quién tuvo oportunidad de asesinar a Gulbrandsen la noche pasada. Y nuestro primer sospechoso..., sin duda alguna..., es el joven Walter Hudd. Fue él quien encendió una lámpara portátil que fundió los fusibles, lo que le dio la oportunidad de abandonar el vestíbulo para dedicarse a cambiarlos. El contador está en el pasillo que parte del corredor principal, delante de la cocina. Fue durante su ausencia cuando sonó el disparo. Así es que el sospechoso número uno está perfectamente situado para cometer el crimen.

—¿Y el sospechoso número dos? —quiso saber Miss Marple.

—El número dos es Alex Restarick, que estaba solo en su automóvil entre la verja y la casa, y tardó demasiado en llegar.

—¿Alguien más? —La solterona se inclinó, y añadió—: Es muy amable contándome todo esto.

—No es amabilidad —repuso el inspector Curry—. Necesito su ayuda. Ha puesto el dedo en la llaga cuando ha dicho: «¿Alguien más?». Porque eso depende de usted. Anoche estuvo en el vestíbulo y puede decirme quién salió...

—Sí, sí. Yo debería poder decírselo..., pero ¿puedo? Las circunstancias...

—¿Se refiere a que todos ustedes escuchaban la discusión que tenía lugar tras la puerta del despacho de Mister Serrocold?

Miss Marple asintió con vehemencia.

—Sí, compréndalo, la verdad es que estábamos muy asustados. Mister Lawson parecía..., desde luego..., completamente loco. Aparte de Carrie Louise, que estaba muy tranquila, todos temíamos que pudiera hacer daño a Mister Serrocold. Ya sabe que gritaba y maldecía, y dijo unas cosas terribles, pudimos oírlo muy bien, y con todo eso y la mayoría de las luces apagadas..., la verdad, no me fijé en nada más.

—¿Quiere decir que, mientras se desarrollaba aquella escena, cualquiera pudo haber salido del vestíbulo, recorrer el pasillo, disparar contra Mister Gulbrandsen y regresar sigilosamente?

—Me parece que hubiera sido posible.

—¿Puede usted afirmar que todos estuvieron allí durante todo el tiempo?

—Pues Mistress Serrocold... porque la observaba. Estaba sentada muy cerca de la puerta del despacho y no se movió de su sitio. Me sorprendió que pudiera conservar la calma.

—¿Y los otros?

—Miss Bellever salió..., pero me parece..., estoy casi segura... de que lo hizo después del disparo. Y Mistress Strete..., la verdad, no lo sé. Estaba sentada a mi espalda. Y Gina junto a la ventana. Creo que permaneció allí todo el tiempo, pero, claro, no puedo asegurarlo. Stephen estaba ante el piano y dejó de tocar cuando la disputa se fue acalorando.

—No debemos guiarnos por la hora en que oyeron el disparo —dijo el inspector Curry—. Es un truco que se ha empleado varias veces. Se hace sonar un disparo para fijar la hora de un crimen, pero equivocada. Si Miss Bellever hubiera tramado algo así, lo cual es mucho suponer, pero nunca se sabe, habría podido marcharse libremente, como lo hizo, después de sonar el disparo. No, no hay que guiarse por eso. Tenemos que contar desde que Christian Gulbrandsen abandonó el vestíbulo hasta el momento en que Miss Bellever lo encontró muerto, y borrar de la lista solo a las personas que sabemos que no tuvieron oportunidad de hacerlo. De este modo quedan descartados Lewis Serrocold y el joven Edgar Lawson, que se encontraban en el despacho, y Mistress Serrocold, que usted sabe que estaba en el vestíbulo. Desde luego es un inconveniente que a Gulbrandsen lo asesinaran la misma noche que tuvo lugar esa disputa entre Serrocold y Lawson.

—¿Solo un inconveniente? ¿Lo cree usted así? —murmuró con cierta ironía Miss Marple.

—Oh, ¿y qué opina usted?

—Se me ocurre que pudo ser fingido.

—¿Qué es lo que supone?

—Pues... todo el mundo parece encontrar muy extraño que Edgar Lawson sufriera una recaída tan de improviso. Siempre ha tenido ese complejo, o como se llame, sobre su padre desconocido. Tan pronto era Winston Churchill como el vizconde Montgomery, cosa muy natural, dado su estado de ánimo. Para el caso, cualquier hombre famoso que le venía a la memoria. Pero supongamos que alguien le mete en la cabeza la sugestiva idea de que Lewis Serrocold es su verdadero padre, y que es él quien le persigue, y que tiene derecho a ser el heredero de la corona de... Stonygates. En su estado de debilidad mental acepta la idea, que se convierte en un puro frenesí, y más pronto o más tarde dará lugar a la escena que todos oímos. ¡Y qué coartada tan maravillosa tendría! Todo el mundo prestaría atención a la peligrosa disputa, sobre todo si alguien le había provisto de un revólver.

—¡Ummmm! Sí. El revólver de Walter Hudd.

—Así es —continuó Miss Marple—. Ya he pensado en eso. Ya sabe que Walter es poco comunicativo, arisco y escasamente amable, pero no le creo tan estúpido.

—¿Así que no cree que fuese Walter?

—Creo que todo el mundo se sentiría aliviado si fuese Walter. Eso no resulta muy caritativo, pero es porque es el único extraño en la casa.

—¿Y qué me dice de su esposa? —le preguntó el inspector Curry—. ¿También se sentiría aliviada?

Miss Marple no contestó. Pensaba en Gina y en Stephen Restarick tal como los vio juntos el día de su llegada. Y en el modo como los ojos de Alex buscaron a Gina cuando entró en el vestíbulo la noche anterior. ¿Cuál era la actitud de Gina?

Dos horas más tarde, el inspector Curry, echándose hacia atrás en su silla, suspiró y dijo:

—Bien, hemos aclarado muchas cosas.

El sargento Lake asintió.

—Los criados quedan descartados —le dijo—. Estuvieron todos juntos durante los momentos críticos, al menos los que duermen aquí. Los demás se habían ido ya a sus casas.

Curry comenzaba a sentir fatiga mental. Había entrevistado a psicoterapeutas, profesores y a los dos jovencitos que habían cenado con la familia aquella noche. Todas las declaraciones concordaban. Los hábitos y actividades eran comunes a todos ellos. No eran seres solitarios, lo cual proporcionaba espléndidas coartadas. Curry había reservado su entrevista con el doctor Maverick para el final, pues era la persona más importante en el instituto.

—Hágale pasar ahora, Lake.

Entró el joven doctor, pulcro y apuesto, y con una mirada bastante fría tras sus gafas sujetas sobre el puente de la nariz.

Maverick confirmó las declaraciones de sus colegas y estuvo de acuerdo con los descubrimientos hechos por Curry. No hubo ni la más ligera negligencia en el personal del colegio y, por lo tanto, no pudo escaparse nadie. La muerte de Christian Gulbrandsen no podía achacarse a los jóvenes pacientes, como los llamaba Curry, sugestionado por el ambiente médico.

—Pero si son eso precisamente, inspector —le dijo el doctor Maverick con una sonrisa.

Era una sonrisa de suficiencia, y el inspector Curry no hubiera sido humano de no haberse resentido un poco. Le dijo en tono profesional:

—¿Y en cuanto a sus propios movimientos, doctor Maverick? ¿Puede contarme qué hizo esa noche?

—Desde luego. He redactado una nota, con las horas aproximadas, para entregársela a usted.

El doctor Maverick había abandonado el Gran Vestíbulo a las nueve y quince minutos, en compañía de Mister Lasy y el doctor Baumgarten, y permanecieron los tres discutiendo ciertos tratamientos hasta que Miss Bellever llegó corriendo para pedir al doctor Maverick que fuese al Gran Vestíbulo. Eso ocurrió aproximadamente a las nueve y media. Acudió enseguida y encontró a Edgar Lawson en un estado lamentable.

El inspector Curry se removió en su asiento.

—Aguarde un momento, doctor Maverick. ¿Este

joven, en su opinión, es en definitiva un caso de trastorno mental?

El doctor Maverick volvió a exhibir su sonrisa de superioridad.

—Todos lo somos, inspector Curry.

«Qué respuesta tan tonta», pensó el inspector. Sabía muy bien que él no era un caso de trastorno mental, dijera lo que dijese el doctor Maverick.

—¿Es responsable de sus actos? Me figuro que sabe lo que hace.

—Desde luego.

—Entonces, cuando disparó contra Mister Serrocold, ¿fue un intento de asesinato?

—No, no, inspector Curry. Nada de eso.

—Vamos, doctor Maverick. He visto las dos balas en la pared. Debieron de pasar rozando la cabeza de Mister Serrocold.

—Quizá. Pero Lawson no tuvo intención de matar a Mister Serrocold, ni siquiera de herirle. Le quiere mucho.

—Es un modo curioso de demostrarlo.

El doctor Maverick volvió a sonreírle. El inspector Curry encontraba muy irritante su sonrisa.

—Todo lo que hacemos es intencionado. Cada vez que usted, inspector, olvida un nombre o una cara, es porque, inconscientemente, desea olvidarlo.

El inspector le miraba sin dar crédito.

—Cada vez que su lengua se equivoca, ese error tiene un significado. Edgar Lawson estaba a muy poca distancia de Mister Serrocold. Hubiera podido matarle con facilidad y, en vez de eso, erró el tiro. ¿Por qué?

Porque quiso fallar. Es bien sencillo. Mister Serrocold no estuvo en peligro..., y lo sabía perfectamente. Comprendió la actitud de Edgar en su exacto significado, un gesto de desafío y resentimiento contra el universo que le había negado incluso las necesidades de toda vida infantil: seguridad y afecto.

—Creo que me gustaría ver a ese joven.

—Como usted quiera. Su arrebato de la noche pasada ha tenido un efecto catártico. Hoy está muy recuperado. Mister Serrocold se alegrará mucho.

El inspector Curry le miró de hito en hito, pero el joven médico seguía tan serio como siempre.

Curry suspiró.

—¿Tiene usted un poco de arsénico? —quiso saber.

—¿Arsénico? —La pregunta le cogió por sorpresa. Era evidente que no la esperaba—. Qué pregunta tan curiosa. ¿Por qué arsénico?

—Limítese a contestar, por favor.

—No. No tengo arsénico de ninguna clase en mi poder.

—Pero ¿tiene drogas?

—Oh, claro. Sedantes..., morfina... Lo corriente.

—¿Es usted quien atiende a Mistress Serrocold?

—No. El doctor Gunter, de Market Kindle, es el médico de la familia. Naturalmente tengo mi título de médico, pero solo me dedico a la psiquiatría.

—Ya. Bien, muchísimas gracias, doctor Maverick.

Cuando se hubo marchado el joven doctor, el inspector Curry le dijo a Lake que los psiquiatras le daban dolor de estómago.

—Ahora seguiremos con la familia. Primero veré a Walter Hudd.

La actitud del joven era recelosa. Parecía estar estudiando al policía, pero se mostró deseoso de cooperar.

Había algunos hilos eléctricos muy defectuosos en Stonygates; todo el sistema eléctrico era muy anticuado. En Estados Unidos ya no se utilizaba nada parecido.

—Creo que lo instaló el fallecido Mister Gulbrandsen cuando la luz eléctrica era una novedad —expuso el inspector con una ligera sonrisa.

—¡No me extraña! Los señores feudales ingleses son muy agradables, pero nunca están al día.

El fusible que controlaba la mayoría de las luces del Gran Vestíbulo se había fundido y tuvo que ir a cambiarlo. Luego regresó.

—¿Cuánto tiempo estuvo fuera del vestíbulo?

—Pues no puedo decirle con exactitud. Tuve que buscar una escalera y una vela. Puede que tardara diez minutos... o tal vez un cuarto de hora.

—¿Oyó usted un disparo?

—Pues no, no oí nada parecido. En la cocina hay doble puerta y una de ellas está forrada con una especie de fieltro.

—Ya. Y al volver al vestíbulo, ¿qué vio?

—Estaban todos reunidos alrededor de la puerta del despacho de Mister Serrocold. Mistress Strete dijo que habían disparado contra él..., pero luego resultó que no. Mister Serrocold estaba perfectamente bien.

—¿Reconoció el revólver?

—¡Claro que lo reconocí! Era mío.

—¿Cuándo lo vio por última vez?

—Dos o tres días antes.

—¿Dónde lo guardaba?

—En un cajón en mi cuarto.

—¿Quién sabía que estaba allí?

—Ignoro quién lo podía saber en esta casa.

—¿Qué quiere usted decir con eso, Mister Hudd?

—Bah, todos están locos.

—Cuando entró en el vestíbulo, ¿estaban todos allí?

—¿A qué se refiere cuando dice «todos»?

—A las mismas personas que estaban en la sala cuando usted fue a reparar el fusible.

—Estaba Gina... y la anciana de cabellos blancos... y Miss Bellever... No me fijé mucho, pero creo que era así.

—Mister Gulbrandsen llegó antes de ayer, de improviso, ¿no es así?

—Me figuro que sí. Creo que esa era su costumbre.

—¿Le pareció que alguien estuviese preocupado por su llegada?

Walter Hudd tardó unos segundos en contestar.

—Pues no, yo diría que no.

Una vez más hubo cierto recelo en su voz.

—¿Tiene usted idea del motivo por el que vino?

—Me figuro que sería su querido Trust Gulbrandsen. Todo este «aparato» es una locura.

—Pues ustedes tienen también estos «aparatos» en Estados Unidos.

—Una cosa es fundar una obra y otra es darle el toque personal como hacen aquí. Ya tuve bastante con los psiquiatras del ejército. Este lugar está plagado de ellos. Enseñan a los jóvenes delincuentes a hacer cestos de rafia y pipas de madera. ¡Juegos de niños! ¡Qué simpleza!

El inspector Curry no hizo comentario alguno. Posiblemente estaba de acuerdo.

—¿Así que no tiene idea de quién pudo matar a Mister Gulbrandsen?

—Yo diría que uno de los muchachos del colegio practicando sus habilidades.

—No, Mister Hudd. Eso queda descartado. El colegio, a pesar de su atmósfera estudiada con todo cuidado para dar la sensación de libertad, no es ni más ni menos que un lugar de cautiverio y se rige como todos los centros similares. Nadie puede entrar y salir después de que oscurezca y cometer un crimen impunemente.

—¡Yo no lo aseguraría mucho! Bien..., si quiere limitarse a los de la casa, yo diría que el principal sospechoso es Alex Restarick.

—¿Por qué dice eso?

—Él pudo actuar. Llegó solo en su automóvil.

—¿Y por qué iba a matar a Christian Gulbrandsen?

Walter se encogió de hombros.

—Yo soy un extraño. No conozco los asuntos de la familia. Tal vez el viejo hubiera oído algo sobre Alex y estuviera dispuesto a contárselo a Serrocold.

—¿Con qué resultado?

—Podían cortarle la subvención. Él puede gastar dinero..., o de todos modos gasta mucho.

—¿Se refiere... a sus representaciones teatrales?

—¿Es así como él las llama?

—¿Insinúa que pudiera ser de otro modo?

—No lo sé —repuso.

Walter Hudd volvió a encogerse de hombros.

Capítulo 13

I

Alex Restarick estaba muy nervioso. No podía dejar de gesticular con las manos.

—¡Lo sé, lo sé! Resulta que soy el principal sospechoso. Llegué en mi automóvil, y mientras me acercaba a la casa tuve un momento de inspiración. No espero que ustedes me comprendan. ¿Cómo iban a hacerlo?

—Tal vez sí —expresó Curry de forma seca.

Pero Alex continuaba.

—¡Es una de esas cosas que le ocurren a uno sin saber cómo ni cuándo! Un efecto, una idea, y todo lo demás se olvida. Voy a estrenar *Noches de niebla* el mes próximo. De pronto..., ayer por la noche..., la escena era maravillosa. La luz perfecta. Niebla... y las luces filtrándose a través, y reflejando apenas la gran mole de edificios. ¡Todo ayudaba! Los disparos..., unos pasos apresurados..., el chu-chu del motor eléctrico, aunque podría haber sido una lancha que recorriera el Támesis. Y pensé: «Eso es, pero ¿qué voy a utilizar para lograr esos efectos..., y...?».

El inspector Curry cortó por lo sano:

—¿Oyó usted disparos? ¿Dónde?

—Fuera de la niebla, inspector. —Alex alzó las manos..., unas manos muy bien cuidadas—. Fuera de la niebla. Eso fue lo más maravilloso de todo.

—¿Y no se le ocurrió pensar que era algo extraño?

—¿Extraño? ¿Por qué?

—¿Es que los disparos son una cosa corriente?

—Ah, ya sabía yo que no iba a comprenderme. Los disparos cuadraban perfectamente en la escena que yo estaba creando. Yo deseaba esos disparos. Peligro..., opio..., negocios sucios. ¿Por qué iba a importarme de dónde salían en realidad? Podían ser explosiones del motor de cualquier camión que pasara por la carretera... Un cazador furtivo persiguiendo algún conejo...

—Por aquí los cazan con trampas, sin hacer ruido.

Alex proseguía:

—... Un chiquillo quemando algún petardo. Ni siquiera los consideré... disparos. Yo estaba inmerso en *Noches de niebla...*, o mejor dicho..., viendo la representación desde una butaca..., contemplando el efecto de la escena.

—¿Cuántos disparos oyó?

—No lo sé —respondió Alex con petulancia—. No los conté. Dos o tres. Dos seguidos. Me acuerdo del detalle.

—¿Y el rumor de pasos apresurados, que creo haberle oído mencionar?

—Llegaban desde fuera de la niebla. Cerca de la casa.

—Lo cual sugiere que el asesino de Christian Gulbrandsen pudo venir de fuera.

—Claro. ¿Por qué no? No irá a suponer que viniera de dentro de la casa...

El inspector Curry repuso con absoluta amabilidad:

—Tenemos que pensar en todo.

—Me lo figuro —le contestó Alex Restarick—. ¡Qué trabajo tan descorazonador debe de ser el suyo, inspector! Los detalles, los sitios y las horas, y ese montón de insignificancias. Y al final... ¿de qué sirve todo eso? ¿Acaso pueden hacer que Christian Gulbrandsen vuelva a la vida?

—Se experimenta una gran satisfacción al descubrir al culpable, Mister Restarick.

—¡Ya salió el salvaje Oeste!

—¿Conocía usted bien a Mister Gulbrandsen?

—No lo bastante bien como para asesinarle, inspector. Le había visto de vez en cuando, puesto que viví aquí de niño. Nos hacía visitas cortas. Era una de las primeras figuras de nuestra industria. No me interesa ese tipo. Creo que tenía toda una colección de estatuas de Thorwaldsen... —Alex se encogió de hombros—. Eso demuestra cómo era, ¿no? ¡Dios, esos ricachones!

El inspector Curry le contemplaba pensativo. Al fin dijo:

—¿Le interesan a usted los venenos, Mister Restarick?

—¿Los venenos? Mi querido amigo, no irá a decirme que primero lo envenenaron y luego dispararon. Eso sería una historia detectivesca muy mala.

—No fue envenenado. Pero no ha contestado usted a mi pregunta.

—El veneno tiene cierta disculpa... Carece de la crudeza de una bala de revólver o de un arma cortante. No tengo conocimientos especiales sobre este asunto, si es eso a lo que se refiere...

—¿Ha tenido alguna vez arsénico en su poder?

—En bocadillos... para después de la función. La idea tiene cierto atractivo. ¿Conoce a Rose Gildon? ¡Esas actrices que se creen tan importantes! No, nunca he pensado siquiera en él. Creo que se extrae de ciertos hierbajos o del papel matamoscas.

—¿Viene muy a menudo por aquí, Mister Restarick?

—Eso depende, inspector. Algunas veces estoy varias semanas sin aparecer, pero procuro venir los fines de semana. Siempre he considerado Stonygates como mi verdadero hogar.

—¿Ha contribuido a ello Mistress Serrocold?

—Lo que debo a Mistress Serrocold no podré pagárselo nunca. Simpatía, compasión, afecto...

—Y bastante dinero contante y sonante, según tengo entendido, ¿no?

Alex parecía ligeramente disgustado.

—Ella me trata como a un hijo, y tiene fe en mi trabajo.

—¿Le ha hablado alguna vez de su testamento?

—Por supuesto. Pero ¿puedo preguntar cuál es el objeto de todas estas preguntas, inspector? Mistress Serrocold no tiene nada que ver en todo esto.

—Sería mejor que no lo tuviera —repuso el inspector.

—¿Qué es lo que quiere insinuar?

—Si no lo sabe, mejor. Y, en caso contrario..., ya está advertido.

Cuando Alex se marchó, el sargento Lake dijo:

—Bastante falso, ¿no le parece?

Curry meneaba la cabeza.

—Es difícil de decir. Es posible que posea un auténtico talento creador. Tal vez le guste vivir tranquilamente y hablar mucho. Uno nunca puede saber... Oyó pasos apresurados, ¿no ha dicho eso? Estoy dispuesto a apostar que se lo ha inventado.

—¿Por alguna razón en particular?

—Desde luego. No sabemos todavía cuál es, pero ya llegaremos a conocerla.

—Después de todo, uno de esos muchachos pudo haber salido del edificio del colegio sin ser visto. Es probable que haya entre ellos algunos rateros que sepan escurrirse como gatos, y de ser así...

—Eso es lo que se intenta que pensemos... Muy lógico. Pero si esto es cierto, Lake, estoy dispuesto a comerme mi sombrero nuevo.

II

—Yo estaba tocando el piano muy suavemente —explicó Stephen Restarick— cuando comenzó la discusión entre Lewis y Edgar.

—¿Qué pensó?

—Pues, a decir verdad, no me lo tomé en serio. El pobre mendigo tiene esos arranques. No es que esté loco del todo. Todas esas tonterías son como un escape de tensión. Lo cierto es que no nos soporta a ninguno, sobre todo a Gina, claro.

—¿Gina? ¿Se refiere a Mistress Hudd? ¿Por qué la odia?

—Porque es una mujer... y una mujer guapa, y porque ella se divierte con él. Es medio italiana, ya sabe usted, y los italianos tienen cierta crueldad innata. No sienten compasión por la vejez, la fealdad o por los seres que no son del todo normales. Los señalan con el dedo, y se ríen. Eso es lo que hacía Gina, metafóricamente hablando, con el pobre Edgar. Él es extravagante, petulante, pero en el fondo se siente muy inseguro. Quiere impresionar y solo consigue hacer el ridículo. A ella no le importa nada lo mucho que sufre el pobre chico.

—¿Insinúa que Edgar Lawson está enamorado de Mistress Hudd? —preguntó el inspector.

—Oh, sí —explicó Stephen alegremente—. A decir verdad, todos lo estamos poco o mucho. Y a ella le gusta.

—¿Y a su marido?

—Se lo toma bastante mal. Él también sufre, pobre hombre. Esto no puede durar, ¿sabe? Me refiero a su marido. Romperán tarde o temprano. Fue una de esas uniones de guerra.

—Todo esto es muy interesante —dijo el inspector—, pero nos estamos apartando del tema principal, que es el asesinato de Christian Gulbrandsen.

—Cierto. Pero no puedo decirle nada. Yo estaba tocando el piano y no abandoné mi sitio hasta que la querida Jolly vino con un manojo de llaves viejas para probar si alguna abría la puerta del despacho.

—Usted estaba sentado ante el piano. ¿Continuó tocando?

—¿Para que la pelea en el despacho de Lewis tuviera música de fondo? No, dejé de tocar cuando se fueron acalorando. No es que albergara dudas sobre cómo acabaría. Lewis tiene lo que yo llamo una «mirada fulminante», y podía hacer salir a Edgar con solo mirarle.

—No obstante, Lawson disparó dos veces seguidas contra él.

Stephen ladeó la cabeza.

—Solo estaba representando una comedia. Divirtiéndose. Mi querida madre acostumbraba a hacerlo. Recuerdo que solía sacar una pistola cuando algo la contrariaba. Una vez lo hizo en un club nocturno. Dibujó a tiros una figura en la pared y causó un poco de alboroto. Era una excelente tiradora y una bailarina rusa, ¿sabe?

—Desde luego. ¿Puede decirme, Mister Restarick,

quién abandonó el vestíbulo anoche mientras usted estaba... durante la pelea?

—Wally, que fue a arreglar lo de la luz. Y Jolly Bellever, para buscar una llave que abriera la puerta del despacho. Nadie más, que yo sepa.

—¿Lo hubiera advertido usted de haber ocurrido?

Stephen consideró la pregunta unos instantes.

—Probablemente no. Es decir, si hubiera salido y vuelto a entrar de puntillas. Estaba tan oscuro..., y además todos estábamos pendientes de la discusión.

—¿Puede asegurar si alguien permaneció allí todo el tiempo?

—Mistress Serrocold... sí, y Gina. Puedo asegurarlo.

—Gracias, Mister Restarick.

Stephen se dirigió a la puerta, pero pensándolo mejor se volvió para preguntar al inspector:

—¿Qué es eso del arsénico?

—¿Quién le ha mencionado esa palabra?

—Mi hermano.

—Ah..., sí.

—¿Es que alguien ha dado arsénico a Mistress Serrocold?

—¿Por qué supone que se trata de Mistress Serrocold?

—He leído algo sobre los síntomas de envenenamiento producido por arsénico. Y coinciden poco más o menos con los que a ella le han aquejado últimamente. Y luego Lewis impidió que tomara su medicina anoche... ¿Es eso lo que está ocurriendo?

—Es un asunto que se está investigando —repuso el inspector Curry en el tono más profesional que pudo.

—¿Lo sabe ella?

—Mister Serrocold tiene especial interés en que no se la... alarme.

—Esa no es la palabra adecuada, inspector. Mistress Serrocold no se alarma nunca... ¿Es eso lo que se esconde tras la muerte de Christian Gulbrandsen? ¿Quizá averiguó que la estaban envenenando? Pero ¿cómo pudo descubrirlo? De todas formas, me parece imposible. No tiene sentido.

—Le sorprende mucho, ¿verdad, Mister Restarick?

—Sí, desde luego. Cuando Alex me lo dijo apenas podía creerlo.

—¿Quién es, en su opinión, la persona que ha estado suministrando arsénico a la frágil Mistress Serrocold?

Por unos momentos una sonrisa burlona apareció en el hermoso rostro de Stephen Restarick.

—Descartaría a la persona más sospechosa. Puede tachar al esposo. Lewis Serrocold no ganaría nada. Y además adora a su mujer. No podría soportar que tuviera el más ligero dolor en el dedo meñique.

—¿Quién, entonces? ¿Tiene alguna idea?

—Oh, sí. Más bien diría que tengo la certeza.

—Explíquese, por favor.

—Es una certeza psicológicamente hablando. No en otro sentido. No tengo ninguna prueba. Y es probable que no esté de acuerdo conmigo.

Stephen Restarick siguió hablando con petulancia, y el inspector Curry se entretuvo en dibujar gatos en la hoja de papel que tenía ante él.

Estaba pensando en tres cosas: la primera, que Stephen Restarick pensaba mucho en sí mismo; la segunda, que él y su hermano formaban un frente muy unido, y la tercera, que era un hombre atractivo, mientras que Walter Hudd era feo.

Se le ocurrieron otras preguntas: qué era lo que Stephen Restarick entendería por «psicológicamente hablando» y si era posible que desde el taburete del piano viese quién entraba y salía. Le pareció que no.

III

En la penumbra de la biblioteca de estilo gótico, Gina ponía una nota exótica. Incluso el inspector Curry parpadeó admirado ante la radiante belleza de la joven sentada ante él, quien se inclinó para decir:

—¿Y bien?

El inspector Curry dijo con tono seco, mientras observaba su camisa roja y sus pantalones verde oscuro:

—Veo que no lleva usted luto, Mistress Hudd.

—No tengo nada negro —repuso Gina—. Sé que todo el mundo tiene algo negro que ponerse, pero yo no. Odio ese color. Lo encuentro horrible, y creo que solo deberían llevarlo las amas de llaves y las secretarias. De todas formas, Christian Gulbrandsen no era en realidad pariente mío. Era hijastro de mi abuela.

—Y supongo que no le conocería usted muy bien.

—Vino aquí tres o cuatro veces cuando yo era niña, pero luego, durante la guerra, me fui a Estados Unidos y he vuelto hace solo unos seis meses.

—¿Ha vuelto para vivir aquí definitivamente? ¿No está de paso?

—No he decidido nada todavía —contestó Gina.

—¿Estaba usted en el Gran Vestíbulo la noche pasada cuando Mister Gulbrandsen se retiró a su habitación?

—Sí. Nos dio las buenas noches y se marchó. La abuelita le preguntó si tenía todo lo necesario y él dijo que sí..., que Jolly le había atendido muy bien. No es que empleara estas mismas palabras, pero fue algo por el estilo. Dijo que tenía que escribir unas cartas.

—¿Y luego?

Gina describió la escena entre Lewis y Edgar Lawson. Era la misma historia que el inspector Curry había oído tantas veces, pero tomaba un nuevo color, un nuevo aspecto, relatada por Gina. Se convertía en drama.

—Era el revólver de Wally —indicó—. Es extraño que Edgar tuviera el valor suficiente para ir a cogerlo a su habitación. Nunca lo hubiera creído.

—¿Se alarmó usted cuando entraron en el despacho y Edgar Lawson cerró la puerta?

—Oh, no —repuso Gina, abriendo mucho sus enormes ojos castaños—. Me encantó. Era tan emocionante, y tan teatral... Todo lo que hace Edgar siempre es ridículo. Uno no puede tomarle en serio nunca.

—¿Aunque disparase el revólver?

—Sí. Entonces todos pensamos que a pesar de todo había matado a Lewis.

—¿Y eso le divirtió a usted? —no pudo menos que preguntar el inspector Curry.

—Oh, no; entonces estaba horrorizada. Todos lo estábamos menos la abuelita. No movió ni un dedo.

—Eso parece bastante extraordinario.

—No. Ella es así. No vive en este mundo. Es de esa clase de personas que nunca creen que pueda ocurrir algo malo. Es un encanto.

—Durante la pelea, ¿quién estaba en el vestíbulo?

—Oh, todos estábamos allí. Menos el tío Christian, por supuesto.

—No todos, Mistress Hudd. Alguien salió y volvió a entrar.

—¿Sí? —preguntó Gina distraída.

—Su esposo, por ejemplo; fue a arreglar la avería de la luz.

—Sí. Wally sabe arreglar esas cosas.

—Durante su ausencia, tengo entendido que se oyó un disparo. Y que todos creyeron que provenía del parque.

—No lo recuerdo... Oh, sí; eso fue cuando volvieron a encenderse las luces y Wally ya había vuelto.

—¿Abandonó alguien más el vestíbulo?

—No lo creo, pero no lo recuerdo.

—¿Dónde estaba sentada, Mistress Hudd?

—Cerca de la ventana.

—¿Cerca de la puerta que da a la biblioteca?

—Sí.

—¿Y usted no salió de allí para nada?

—¿Salir? ¿Con lo nerviosa que estaba? Claro que no, inspector.

Gina pareció escandalizarse ante la idea.

—¿Dónde estaban sentados los demás?

—Creo que la mayoría permanecía alrededor de la chimenea. La tía Mildred estaba haciendo punto, lo mismo que la tía Jane, Miss Marple... La abuelita no hacía nada.

—¿Y Mister Stephen Restarick?

—¿Stephen? Tocaba el piano, al principio. No sé adónde fue después.

—¿Y Miss Bellever?

—Iba de un lado a otro, como siempre. Prácticamente nunca se sienta. Estaba buscando unas llaves, o un no sé qué.

De pronto dijo:

—¿Qué pasa con la medicina de la abuelita? ¿Es que el farmacéutico se equivocó al prepararla?

—¿Por qué piensa eso?

—Porque ha desaparecido el frasco y Jolly se ha vuelto loca buscándolo. Estaba apuradísima. Alex le dijo que la policía se lo había llevado. ¿Es cierto?

En vez de contestar a la pregunta, el inspector Curry indicó:

—¿Dice usted que Miss Bellever estaba preocupada?

—¡Oh, Jolly siempre arma alboroto por nada! —repuso Gina sin darle importancia—. Le encanta. Algunas veces me pregunto cómo la abuelita puede soportarla.

—Solo una pregunta más, Mistress Hudd. ¿Tiene usted alguna idea sobre quién mató a Christian Gulbrandsen y por qué?

—Yo diría que uno de esos perturbados. Los asesinos son en realidad muy sensibles. Quiero decir que solo matan a las personas para robar una caja fuerte, su dinero o sus joyas..., no por diversión. Pero uno de esos perturbados..., ya sabe..., lo que ellos llaman «desequilibrados mentales», pudo hacerlo por diversión, ¿no le parece? Porque yo no creo que pueda haber otra razón para matar al tío Christian.

—¿No se le ocurre que pueda haber algún motivo?

—No, eso es lo que he querido decir —contestó Gina agradecida—. No le robaron ni nada parecido, ¿verdad?

—Pero usted sabe, Mistress Hudd, que los edificios del colegio estaban bien cerrados y custodiados. Nadie puede salir de allí sin un permiso.

—No lo crea. —Gina reía alegremente—. ¡Esos chicos pueden salir de cualquier lado! Me han enseñado muchos de sus trucos.

—Es una mujer muy vivaracha —dijo Lake una vez que se hubo marchado—. Es la primera vez que la veo de cerca. Tiene una figura encantadora, ¿no le parece? Un tipo algo extranjero, no sé si me comprende.

El inspector Curry le dirigió una fría mirada. El sargento Lake se apresuró a decir que le había parecido muy alegre, excesivamente alegre.

—Parece haberse divertido mucho con lo ocurrido.

—Tenga o no razón Stephen Restarick al decir que su matrimonio no va a durar mucho, he podido darme cuenta de que ha procurado dejar bien claro que Walter Hudd estaba de nuevo en el Gran Vestíbulo cuando oyeron el disparo.

—Lo cual, según los demás, no fue así.

—Exacto.

—Tampoco mencionó el hecho de que Miss Bellever dejara el vestíbulo para buscar las llaves.

—No... —repuso el inspector Curry pensativo—, tampoco...

Capítulo 14

I

Mistress Strete no desentonaba tanto con la biblioteca como Gina. En ella no había nada exótico. Vestía de negro con un broche de ónix, y llevaba una redecilla para recoger sus cabellos grises, cuidadosamente peinados.

Según la opinión del inspector Curry, representaba el aspecto de la viuda de un pastor protestante, lo cual era muy extraño, porque muy pocas personas representan lo que son en realidad.

Incluso la línea de sus labios tenía cierto misticismo. Podría representar la fe, y tal vez la esperanza, pero no la caridad.

Además, era evidente que Mistress Strete estaba ofendida.

—Pensaba que usted tendría alguna idea de cuándo me iba a necesitar, inspector. Me he visto obligada a esperar toda la mañana.

Según Curry, era su complejo de superioridad el que se sentía herido, y se apresuró a echar agua al crepitante fuego.

—Lo siento mucho, Mistress Strete. Tal vez usted ignore cómo se hacen estas cosas. Comenzamos, ya sabe, por los testigos menos importantes, los quitamos de en medio, por así decir. Es de sumo interés reservar para el final a la persona en cuyo juicio podamos confiar, la que es buena observadora, gracias a quien podamos comprobar todo lo que se nos ha dicho hasta este momento.

Mistress Strete se ablandó visiblemente.

—Oh, ya comprendo. No me había dado cuenta de eso.

—Usted es una mujer juiciosa y sensata, Mistress Strete. Una mujer de mundo. Y esta es su casa..., usted es la hija de esta casa, y puede hablarme de todos los que viven en ella.

—Desde luego —repuso Mildred.

—De modo que comprenda que cuando lleguemos a la pregunta de quién mató a Christian Gulbrandsen podrá sernos de gran ayuda, más valiosa que cualquier otra.

—Pero ¿es que hay que preguntarlo? ¿Es que no está bien claro quién asesinó a mi hermano?

El inspector Curry se echó hacia atrás y se acarició el pequeño bigote.

—Bien, tenemos que ir con cuidado —dijo—. ¿Usted cree que está muy claro?

—Naturalmente. Ha sido ese horrible estadounidense, esposo de la pobre Gina. Es el único extraño en la casa. No sabemos nada de él. Es probable que sea uno de esos terribles gánsteres norteamericanos.

—Pero eso no tiene sentido. ¿Por qué iba a matarle?

—Porque Christian había averiguado algo con respecto a él. Por eso regresó tan pronto aquí, después de su última visita.

—¿Está segura de lo que dice, Mistress Strete? Piénselo bien.

—Vuelvo a decirle que a mí me parece bien claro. Él dejó entrever que su visita estaba relacionada con el Trust, pero eso... es una tontería. Vino por ese motivo hace solo un mes y desde entonces no ha sucedido nada importante. Por eso la razón de su visita fue de índole particular. Vio a Walter la última vez que estuvo aquí y pudo reconocerle... o tal vez hizo averiguaciones en Estados Unidos... Tiene agentes por todo el mundo, y quizá descubrió algo verdaderamente lamentable. Gina es una muchacha muy tonta. Siempre le han vuelto loca los hombres. Puede que fuera un perseguido por la justicia, o que estuviera ya casado, o que se tratara de un personaje de los bajos fondos. Pero mi hermano Christian no era un hombre fácil de engañar. Estoy segura de que vino aquí para dejar las cosas bien claras. Le diría a Walter lo que acababa de descubrir y, por supuesto, este le mató.

El inspector Curry añadió unos grandes bigotes a uno de los gatos que dibujaba en la hoja de papel y dijo:

—Sííí...

—¿No cree usted que eso es lo que ocurrió?

—Sí..., es posible —admitió el inspector.

—¿Qué otra solución podría haber? Christian no tenía enemigos. Lo que no puedo comprender es por qué no ha arrestado todavía a Walter.

—Pues verá usted, Mistress Strete, necesitamos tener pruebas.

—Es probable que no le cueste encontrarlas. Si contacta con Estados Unidos...

—Oh, sí, preguntaremos quién es Walter Hudd. Puede estar segura. Pero hasta que podamos probarlo, no hay nada que hacer. Claro que hay una oportunidad...

—Salió detrás de Christian, con el pretexto de que había una avería de las luces.

—Y se apagaron del todo.

—Pudo haber preparado el truco fácilmente.

—Cierto.

—Eso le proporcionaba la excusa perfecta. Siguió a Christian hasta su habitación, disparó contra él, arregló el fusible y volvió a reunirse con nosotros en el vestíbulo.

—Su esposa ha dicho que había vuelto ya cuando sonó el disparo en el exterior.

—¡No crea nada de lo que diga! Gina diría cualquier cosa. Los italianos nunca dicen la verdad. Y ella es romana.

El inspector Curry soslayó la cuestión.

—¿Usted cree que su esposa estaba de acuerdo con Walter?

Mildred Strete vaciló unos instantes.

—No..., no. No lo creo. Este debe de haber sido uno de sus motivos: evitar que Gina supiera la verdad con respecto a él. Al fin y al cabo, Gina es su comida.

—Y una joven encantadora.

—Oh, sí. Siempre he dicho que Gina es muy atractiva. Un tipo muy corriente en Italia, naturalmente. Pero si quiere saber mi opinión, es dinero lo que Walter Hudd anda buscando. Por eso vino aquí y se quedó a vivir con los Serrocold.

—Mistress Hudd está bien provista, ¿no es verdad?

—Ahora no. Mi padre puso la misma suma de dinero que me dejó a mí a nombre de su madre. Pero claro, adoptó la nacionalidad de su esposo, aunque creo que ahora la ley ha cambiado, y con la guerra, y siendo él fascista, Gina tiene muy poco. Mi madre la estropea, y su tía norteamericana, Mistress Van Rydock, gasta enormes sumas en ella y le compró todo lo que quiso durante los años de guerra. No obstante, Walter no piensa hacer nada hasta que muera mi madre y Gina herede una gran fortuna.

—Lo mismo que usted, Mistress Strete.

Un ligero color rosado tiñó las fláccidas mejillas de Mildred.

—Lo mismo que yo, como usted ha dicho. Mi esposo y yo siempre vivimos con sencillez. Gastaba muy poco dinero, excepto en libros... Era un hombre muy erudito. Mi dinero casi se ha doblado. Es más que suficiente para mis necesidades. Sin embargo, siempre puede utilizarse para ayudar a los demás. Cualquier dinero que llegue hasta mí lo consideraré un legado sagrado.

—Pero no será una custodia, ¿verdad? Irá directamente a sus manos.

—Oh, sí... En ese sentido sí. Sí, será solo mío.

Algo que vibró en sus últimas palabras hizo que el inspector alzara la cabeza sorprendido. Mistress Strete no le miraba. Sus ojos estaban radiantes y sus finos labios curvados en una sonrisa de triunfo.

El inspector habló pausadamente:

—Entonces, según usted..., y, por supuesto, sabe lo suficiente para poder opinar..., Mister Walter Hudd desea el dinero que irá a parar a manos de su esposa cuando muera Mistress Serrocold. A propósito: no goza de buena salud, ¿verdad?

—Mi madre siempre ha estado delicada.

—Cierto. Pero a menudo las personas delicadas viven tanto o más que las robustas y sanas.

—Sí, supongo que ocurre así.

—¿Ha observado si la salud de su madre ha empeorado últimamente?

—Padece reumatismo, pero cuando uno envejece algo tiene que tener. No me inspiran simpatía las personas que se quejan de sus inevitables dolencias y achaques.

—¿Y Mistress Serrocold se queja?

Mildred guardó silencio unos segundos.

—Ella no, pero suele dar mucho trabajo. Mi padrastro es demasiado solícito. Y, en cuanto a Miss Bellever, la pone en ridículo. En todos los casos, esa señorita es una mala influencia en esta casa. Hace muchísimos años que está aquí, y su afecto hacia mi madre, aunque es admirable, llega a convertirse en una carga. Materialmente, tiene tiranizada a mi madre. Ella lleva el mando de la casa y se preocupa demasiado. No me sorprendería oírle decir a mi madre que se marchara. No tiene tacto... ninguno..., y para un hombre es difícil aceptar que su esposa está dominada por completo por una doméstica.

El inspector Curry meneaba la cabeza asintiendo.

—Ya..., ya... Hay una cosa que no entiendo del todo, Mistress Strete. La posición de los dos hermanos Restarick.

—Más sentimentalismo tonto. Su padre se casó con mi pobre madre por su dinero. Dos años después se fugó con una cantante yugoslava de la más baja calaña. Él no valía nada. Mi madre fue lo bastante blanda como para sentir compasión de los dos niños. Puesto que no era adecuado que pasaran sus vacaciones con una mujer de tan malas costumbres, más o menos los adoptó. Y han estado aquí desde entonces. Oh, sí, hay muchos gorrones en esta casa, se lo puedo asegurar.

—Alex Restarick tuvo oportunidad de matar a Christian Gulbrandsen. Estaba solo en su coche... y anduvo a solas el trecho que separa la verja de la entrada de la casa... ¿Y qué me dice de Stephen?

—Stephen se hallaba en el vestíbulo con todos nosotros. No apruebo a Alex Restarick... Se está abandonando mucho, me imagino que debido a la vida tan inestable que lleva..., pero, la verdad, no le considero un asesino. Además, ¿por qué iba a matar a mi hermano Christian?

—Siempre tropezamos con lo mismo, ¿no? —dijo el inspector sonriendo—. ¿Qué es lo que sabía Christian Gulbrandsen de alguien que hizo necesario que ese alguien le asesinara?

—Exacto —repuso Mistress Strete triunfante—. Por eso debió ser Walter Hudd.

—A menos que fuese alguien más cercano a la familia.

—¿Qué quiere insinuar? —preguntó Mildred con aspereza.

—Mister Gulbrandsen pareció muy preocupado por la salud de Mistress Serrocold mientras estuvo aquí —respondió con calma el inspector.

Mistress Strete frunció el ceño.

—Los hombres siempre se preocupan por mi madre porque parece frágil. ¡Creo que a ella también le gusta eso!

—¿Usted no está preocupada por la salud de su madre?

—No. Creo que soy razonable. Naturalmente, mi madre ya no es joven...

—Y, al fin, todos hemos de morir —concluyó el inspector Curry—. Pero no antes de la hora que tengamos señalada. Eso hay que impedirlo a toda costa.

Habló intencionadamente y Mildred Strete pareció animarse de repente.

—Oh, es horrible, horrible. A nadie más de esta casa parece haberle importado la muerte de Christian. Yo soy la única pariente carnal. Para mi madre era solo un hijastro ya mayor. Para Gina, nada en realidad; pero era mi hermano.

—Hermanastro —le corrigió el inspector.

—Hermanastro, sí. Pero los dos éramos Gulbrandsen, a pesar de la diferencia de edad.

—Sí, sí —dijo Curry con amabilidad—. Comprendo su punto de vista.

Mildred Strete salió con los ojos llenos de lágrimas. Curry miró a Lake.

—Así que ella está segura de que ha sido Walter Hudd —le indicó—. No puede soportar ni por un momento la idea de que fuese otro.

—Y tal vez tenga razón.

—Es posible que sí. Wally es uno de los que encajan con el perfil. Tuvo oportunidad... y motivos. Porque si desea dinero rápidamente, la abuela de su esposa debería morir. Wally altera su medicina o Christian Gulbrandsen se entera de algún modo... Sí, concuerda a la perfección.

Hizo una pausa antes de continuar.

—A propósito, a Mildred Strete le gusta el dinero. Puede que no lo gaste, pero le gusta. No sé por qué. Puede que sea una avara... con la pasión de los avaros. O tal vez le atraiga el poder que da el dinero. Quizá lo quiera para emplearlo en beneficencia. Es una Gulbrandsen. Es posible que quiera emular a su padre.

—Un complejo, ¿no? —dijo el sargento Lake, rascándose la cabeza.

—Será mejor que veamos a ese extraño joven, Edgar Lawson, y después iremos al Gran Vestíbulo y averiguaremos quiénes estaban allí... y por qué... y cuándo... Hemos oído un par de cosas interesantes esta mañana.

II

«Es muy difícil —pensó el inspector Curry— formarnos una opinión exacta de alguien por lo que de él nos dicen los demás.»

Edgar Lawson había sido descrito aquella mañana por bastantes personas bien distintas, pero, al verle ahora, los prejuicios de Curry y sus impresiones fueron muy dispares.

Edgar no daba la sensación de ser «extraño», o «peligroso», ni «arrogante», ni siquiera «anormal». Parecía un hombre muy corriente, muy abatido y humilde. Era un joven vulgar y tristón.

Estaba ansioso por hablar y disculparse.

—Sé que me he portado muy mal. No sé lo que me pasó..., no lo sé. Montar una escena semejante y luego disparar contra Mister Serrocold, que ha sido tan bueno conmigo y ha tenido tanta paciencia también...

Se retorcía las manos muy nervioso. Tenía las muñecas muy huesudas.

—Si tiene que detenerme por ello, lo entenderé. Lo merezco. Me declararé culpable.

—No tenemos ningún cargo contra usted —repuso el inspector—. Así que carecemos de pruebas para actuar. Según Mister Serrocold, la pistola se disparó por accidente.

—Eso es porque es tan bueno... ¡Nunca hubo un hombre más bueno que Mister Serrocold! Lo ha hecho todo por mí.

—¿Qué le impulsó a actuar como lo hizo?

Edgar parecía incómodo.

—Perdí la cabeza.

—Eso parece —convino el inspector Curry secamente—. Usted dijo a Mister Serrocold en presencia de testigos que había descubierto que él era su padre. ¿Era eso cierto?

—No.

—¿Qué es lo que le impulsó a pensarlo? ¿Acaso alguien le metió esa idea en la cabeza?

—Pues es un poco difícil de explicar.

—Inténtelo. No queremos forzarle.

—Pues verán, tuve una infancia bastante dura. Los otros niños se burlaban de mí porque no tenía padre. Decían que era un bastardo..., lo cual era verdad, claro. Mi madre estaba siempre bebida y constantemente venían hombres a nuestra casa. Creo que mi padre era un marinero extranjero. La casa estaba sucia, y se parecía bastante al infierno. Y entonces empecé a pensar, a imaginar que mi padre no había sido un marinero extranjero, sino alguien importante... Y solía inventar historias. Primero cosas de niños: que me habían cambiado al nacer, que en realidad yo era un heredero..., esas cosas. Luego fui a una nueva escuela y lo intenté un par de veces. Dije que mi padre era un almirante de la Armada. Yo llegué a creerlo, y entonces no me sentía tan mal.

Hizo una pausa antes de continuar:

—Y luego, más tarde, inventé otras cosas y puse en práctica nuevas ideas. Solía vivir en hoteles donde contaba que era un piloto de guerra... o del Servicio Secreto. Toda clase de historias. Me era imposible dejar de decir mentiras. Pero yo no intentaba conseguir dinero por este medio. Solo eran fanfarronadas para que la gente pensara algo más en mí. No tuve intención de aprovecharme. Mister Serrocold puede decírselo..., y el doctor Maverick... tiene todos los informes.

El inspector Curry asintió con la cabeza. Ya había estudiado el caso de Edgar y leído su ficha policíaca.

—Mister Serrocold consiguió que me pusieran en libertad para traerme aquí. Dijo que necesitaba un secretario que le ayudara... y yo le ayudé. De verdad. Solo que los demás se reían de mí. Siempre se estaban burlando de mí.

—¿Quiénes? ¿Mistress Serrocold?

—No, ella no. Ella es toda una señora, siempre se muestra amable y cariñosa. Pero Gina me trataba como a un perro. Y también Stephen Restarick. Y Mistress Strete me miraba como si yo no fuera un caballero. Y lo mismo hacía Miss Bellever... ¿Y ella quién es? Una compañera a sueldo de Mistress Serrocold, ¿no es cierto?

Curry pudo apreciar que Edgar se iba enervando.

—¿Y por eso no los encontraba simpáticos?

—Era porque yo soy un bastardo. De tener un padre no se hubieran portado así —repuso Edgar con pasión.

—¿Por eso se apropió de dos padres famosos?

Edgar enrojeció.

—Siempre tengo que estar mintiendo.

—Y por fin dijo que Mister Serrocold era su padre. ¿Por qué?

—Porque eso los haría callar para siempre, ¿no? Si él era mi padre, no podían hacerme nada.

—Sí. Pero le acusó de ser su enemigo... y de estar persiguiéndole.

—Lo sé... —Se pasó la mano por la frente—. Siempre me sale todo mal. Hay veces que no... que no veo las cosas muy claras. Estoy atontado.

—¿Y cogió el revólver de la habitación de Mister Walter Hudd?

Edgar pareció extrañarse.

—¿Lo hice? ¿Es ahí donde lo encontré?

—¿No recuerda de dónde lo sacó?

—Quise amenazar con él a Mister Serrocold. Tenía la intención de asustarle. Fue una cosa puramente infantil.

—¿De dónde sacó el revólver? —volvió a preguntar con paciencia el inspector.

—Usted lo ha dicho..., de la habitación de Walter.

—¿Lo recuerda?

—Debí de sacarlo de allí. No pudo ser de ninguna otra parte, ¿verdad?

—No lo sé; alguien... pudo habérselo dado.

Edgar guardaba silencio, con el rostro impasible.

—¿Es así como ocurrió?

Edgar repuso emocionado:

—No me acuerdo. Estaba trastornado. Estuve paseando por el jardín, presa de un ataque de rabia. Creía que la gente me espiaba, me vigilaba, con el afán de hundirme. Incluso esa anciana de cabellos blancos tan agradable... Ahora no puedo comprenderlo. Siento que debía de estar loco. ¡No recuerdo ni dónde estuve ni lo que hice la mitad del tiempo!

—Seguramente recordará quién le dijo que Mister Serrocold era su padre.

Edgar continuó impasible.

—Nadie me lo dijo —replicó de pronto—. Se me ocurrió a mí.

El inspector suspiró. No estaba satisfecho, pero pudo darse cuenta de que por el momento no conseguiría adelantar nada.

—Bien, en el futuro vigile sus actos —le sugirió.

—Sí, señor. Desde luego.

Cuando Edgar se marchó, Curry movió lentamente la cabeza.

—¡Estos casos patológicos son el demonio!

—¿Cree que está loco, señor?

—Mucho menos de lo que había imaginado. Es un débil mental, un jactancioso, un mentiroso... No obstante, hay cierta sencillez en él. Y es mucho más sugestionable de lo que hubiera podido suponer.

—¿Cree que alguien habrá influido en él?

—Oh, sí, Miss Marple tuvo razón en eso. Es una mujer muy astuta, y me gustaría saber quién fue. Él no lo dirá. Si lo supiéramos... Vamos a reconstruir exactamente la escena que tuvo lugar en el Gran Vestíbulo.

III

—Esto concuerda a las mil maravillas.

El inspector Curry estaba sentado ante el piano, y el sargento Lake junto a la ventana, mirando al lago. Curry prosiguió:

—Si yo estoy sentado mirando la puerta del despacho, no puedo verle a usted.

El sargento Lake se levantó sin hacer ruido y se dirigió hacia la puerta de la biblioteca.

—Toda esta parte de la habitación estaba a oscuras. Las únicas luces encendidas eran las que hay junto a la puerta del despacho. No, Lake, ni le vería marchar. Una vez en la biblioteca usted podría salir por la otra puerta al corredor, al cabo de dos minutos a la habitación de los huéspedes, disparar contra Gulbrandsen y volver por la biblioteca para ocupar de nuevo la silla junto a esa ventana.

»Las mujeres sentadas ante el fuego le daban la espalda. Mistress Serrocold estaba sentada aquí, a la derecha de la chimenea, cerca de la puerta del despacho. Todos están de acuerdo en decir que no se movió, y es la única que estaba situada en la dirección en que todos miraban. Miss Marple ahí, mirando al despacho por encima de Mistress Serrocold. Mistress Strete a la izquierda... y en una esquina muy oscura.

Pudo haber entrado y salido sin que la vieran. Sí, es posible.

Curry sonrió de pronto.

—Y yo también podría irme. —Se alejó sigilosamente del taburete del piano caminando junto a la pared hasta llegar a la puerta—. La única persona que podría notar que ya no estaba sentado al piano sería Gina Hudd. Y recuerde que Gina dijo: «Stephen estaba sentado ante el piano. No sé adónde fue luego».

—Así, ¿cree usted que fue Stephen?

—No sé quién ha sido —repuso Curry—. No fue Edgar Lawson, ni Lewis Serrocold, ni su esposa, ni Miss Jane Marple. Pero en cuanto a los demás..., quizá el norteamericano. Lo de esas luces fundidas fue mucha casualidad. Y, no obstante, me gusta bastante ese muchacho. Sin embargo, eso no es ninguna prueba.

Rebuscó entre las partituras que estaban sobre el piano.

—¿Hindemith? ¿Quién es? Nunca he oído hablar de él. ¡Shostakovitch! Qué nombres tienen estos compositores. —Se puso en pie y alzó la tapa del anticuado taburete—. Aquí hay más. El *Largo*, de Haendel. Unos ejercicios de Czerny. La mayoría deben de ser de la época del viejo Gulbrandsen. *Conozco un bello jardín...* La mujer del vicario solía cantarlo cuando yo era niño...

Se detuvo, con las amarillentas páginas de la canción en la mano. Debajo, reposando sobre los *Preludios*, de Chopin, vio una pequeña pistola automática.

—Stephen Restarick —exclamó el sargento Lake emocionado.

—No saque ninguna conclusión precipitada —le aconsejó el inspector—. Apuesto diez contra uno a que eso es lo que pretenden que pensemos.

Capítulo 15

I

Miss Marple subió la escalera y golpeó con los nudillos en la puerta del dormitorio de Mistress Serrocold.

—¿Puedo pasar, Carrie Louise?

—Pues claro, Jane, querida.

Carrie Louise se hallaba sentada ante su tocador, cepillando sus plateados cabellos. Volvió la cabeza para mirarla.

—¿Es que me necesita la policía? Estaré lista enseguida.

—¿Te encuentras bien?

—Pues claro que sí. Jolly se ha empeñado en que tomara el desayuno en la cama. ¡Y Gina ha entrado de puntillas como si estuviera a las puertas de la muerte! No creo que la gente comprenda que las tragedias como el fallecimiento de Christian sorprenden a todos menos a los viejos. Porque a nuestra edad sabemos que puede ocurrir cualquier cosa, y lo poco que importa lo que ocurre en este mundo.

—Sí —repuso dudosa Miss Marple.

—¿Es que no opinas como yo, Jane? Yo hubiera asegurado que sí.

Miss Marple murmuró despacio:

—A Christian lo han asesinado.

—Sí..., entiendo lo que quieres decir. ¿Tú crees que eso importa?

—¿Y tú no?

—A Christian desde luego que no le importa —dijo Carrie Louise con sencillez—. Importa a quien lo hizo.

—¿Tienes alguna idea de quién pudo ser?

—No, no tengo la menor idea. Ni siquiera puedo encontrar un motivo. Debe de haber sido por algo relacionado con su última visita, ya hará cosa de un mes. Porque de otro modo no creo que hubiera vuelto tan de repente sin un motivo especial. Sea lo que fuere, debió de comenzar entonces. He estado pensando y pensando, pero no recuerdo nada anormal.

—¿Quiénes estaban en la casa?

—¡Oh! Los mismos que ahora..., sí, Alex acababa de llegar de Londres. Y..., ah, sí, Ruth también estaba aquí.

—¿Ruth?

—Sí, nos hizo su acostumbrada visita relámpago.

—Ruth —repitió la solterona, mientras su cabeza trabajaba frenéticamente. ¿Christian Gulbrandsen y Ruth? Ruth se había marchado preocupada y recelosa, pero sin saber por qué. Algo extraño ocurría. Según ella, Christian Gulbrandsen también estuvo preocupado y receloso, pero él debió de descubrir que alguien intentaba envenenar a Carrie Louise. ¿Cómo había llegado a abrigar sospechas? ¿Qué fue lo que oyó o vio? ¿Fue algo que Ruth no supo apreciar en su exacto significado? Miss Marple hubiera deseado saber qué pudo haber sido. Una ligera corazonada (fuera la que fuese) le hacía creer poco probable que tuviera relación con Edgar Lawson, puesto que Ruth ni siquiera le había mencionado.

Suspiró.

—Me ocultáis algo, ¿no es verdad? —preguntó Carrie Louise.

Miss Marple pegó un respingo al oír su voz.

—¿Por qué dices eso?

—Porque es cierto. Jolly no, pero todos los demás sí. Incluso Lewis. Ha entrado mientras estaba tomando el desayuno, y se ha comportado de un modo extraño. Ha bebido parte de mi café e incluso ha mordisqueado una de mis tostadas con mermelada. Eso es muy raro, porque siempre toma té, y no le gusta la mermelada; debía de estar pensando en otra cosa... y supongo que olvidaría desayunar. Siempre se olvida de las comidas, y me ha parecido tan preocupado...

—Un asesinato... —empezó a decir Miss Marple.

Carrie Louise replicó en el acto:

—Oh, lo sé. Es algo terrible. Nunca me había visto mezclada en ninguno hasta ahora. ¿Y tú, Jane? ¿Tú sí?

—Pues... sí, en efecto —admitió la solterona.

—Eso me dijo Ruth.

—¿Te lo contó la última vez que estuvo aquí? —quiso averiguar Miss Marple.

—No, no creo que fuese entonces. La verdad, no lo recuerdo. —Carrie Louise hablaba vagamente, como si estuviera distraída.

—¿En qué estás pensando, Carrie Louise?

Mistress Serrocold sonrió, parecía que volvía de muy lejos.

—Pensaba en Gina, y en lo que tú dijiste de Stephen Restarick. Gina es buena chica, ya sabes, y está enamorada de Wally. Estoy segura de esto.

Miss Marple guardó silencio.

—A las chicas como Gina les gusta presumir un poco. Son jóvenes y lógicamente les agrada demostrar su poder. Es natural. Hudd no es la clase de marido que había imaginado para Gina. En circunstancias normales no le hubiera conocido nunca. Pero le encontró y se enamoró de él..., y es de presumir que sepa lo que le conviene.

—Es probable —repuso Miss Marple.

—Pero es muy importante que Gina sea feliz.

La solterona la miró extrañada.

—Me figuro que es importante que todo el mundo lo sea.

—Oh, sí, pero es que Gina es un caso especial. Cuando recogimos a su madre..., cuando adoptamos a Pippa..., nos dimos cuenta de que era un experimento que debía tener éxito a la fuerza. ¿Sabes?, la madre de Pippa...

Carrie Louise se interrumpió.

—¿Quién era la madre de Pippa? —preguntó Miss Marple. Mistress Serrocold la miró vacilando—. No es simple curiosidad. La verdad..., bueno..., necesito saberlo. Ya sabes que sé frenar la lengua.

—Siempre supiste guardar un secreto, Jane. El doctor Galbraith..., ahora es obispo de Cromer..., lo sabe. Pero nadie más. La madre de Pippa era Katherine Elsworth.

—¿Elsworth? ¿No era una mujer que administraba arsénico a su marido? Fue un caso muy famoso.

—Sí.

—¿La mataron?

—Sí, pero sin la certeza de que le hubiera envenenado ella. El marido acostumbraba a tomar arsénico..., entonces no se sabía mucho de estas cosas. Siempre pensamos que las declaraciones de la doncella fueron malintencionadas.

—¿Y Pippa era hija suya?

—Sí. Eric y yo decidimos ofrecer a la niña una nueva vida con cariño, cuidados y todo lo que precisan los niños. Tuvimos éxito. Pippa fue... ella misma. La criatura más dulce y alegre que puedas imaginar.

Miss Marple permaneció un buen rato en silencio. Carrie Louise se levantó del tocador.

—Ya estoy lista. Quisiera que pidieras al inspector, o a quien corresponda, que suba a mi salita. Estoy segura de que no le importará.

II

Al inspector Curry no le importó. Casi agradecía la oportunidad de ver a Mistress Serrocold en sus dominios.

Mientras la esperaba, miró a su alrededor con curiosidad. Aquella habitación no respondía a la idea que él tenía del *boudoir* de una mujer rica.

Había un sofá anticuado y algunas sillas poco cómodas, de estilo victoriano, con los respaldos de madera trabajados. El tapizado muy viejo y descolorido, pero de diseño atractivo. Era una de las estancias más pequeñas de la casa, aunque con todo era mayor que cualquier salón de las modernas residencias, y tenía un aspecto cómodo y abigarrado con sus mesitas, sus baratijas y retratos. Curry contempló una antigua instantánea de dos niñas, una morena y vivaz, y la otra feúcha y con la mirada ausente bajo un pesado flequillo. Había visto la misma expresión aquella mañana. «Pippa y Mildred», estaba escrito en la fotografía. Vio también un retrato de Eric Gulbrandsen colgado de la pared con un marco de ébano. Acababa de descubrir la efigie de un hombre bien parecido y con ojos sonrientes que tomó por Johnnie Restarick cuando se abrió la puerta dando paso a Mistress Serrocold.

Vestía de negro, pero un negro etéreo y vaporoso. Su rostro blanco y sonrosado parecía inusitadamente pequeño bajo la corona de plata de sus cabellos, y había tal fragilidad en ella que enseguida cautivó el corazón del inspector. En aquel momento comprendió muchas cosas que aquella mañana le habían dejado perplejo. Ahora se daba cuenta de por qué todos querían evitar a Caroline Louise Serrocold cualquier preocupación.

«Y, no obstante —pensó—, no es de esas mujeres que arman un alboroto por nada...»

Mistress Serrocold le saludó y, tras rogarle que se sentara, tomó asiento en una butaca próxima. Fue más bien ella quien procuró tranquilizarle. Al comenzar a interrogarla fue respondiendo a sus preguntas con presteza y sin la menor vacilación. El corte de la luz, la disputa entre Lawson y su esposo, el disparo que oyeron...

—¿No le pareció que aquella explosión tuvo lugar en la casa?

—No. Creí que había sido en el exterior. Pensé que tal vez procedía del tubo de escape de algún coche.

—Durante el rato que su esposo y ese joven Lawson estuvieron en el despacho, ¿se fijó en si alguien abandonaba el vestíbulo?

—Wally había ido a arreglar la luz. Miss Bellever salió poco después a buscar algo, pero no recuerdo qué.

—¿Quién más se marchó de allí?

—Nadie, que yo sepa.

—¿Y sin que usted lo supiera?

Reflexionó unos instantes.

—Pues... es posible.

—¿Estaba completamente absorta en lo que oía, en las voces que llegaban del despacho?

—Sí.

—¿Y no sentía temor por lo que pudiera ocurrir allí dentro?

—No..., no, la verdad. No pensé que llegara a suceder nada.

—Pero Lawson tenía un revólver.

—Sí.

—¿Y amenazaba con él a su esposo?

—Sí, pero sin intención de hacerle daño.

El inspector Curry sintió de nuevo que se exasperaba. ¡Conque era como los demás!

—No es posible que pudiera tener esa seguridad, Mistress Serrocold.

—Pues estaba segura. Quiero decir en mi fuero interno. Como dice la gente joven, estaba representando una comedia. Eso es lo que yo pensé. Edgar es solo un muchacho. Se puso a dramatizar como un tonto, fingiendo que era de carácter valiente y desesperado. Viéndose como el héroe de una historia romántica. Estaba completamente segura de que nunca dispararía.

—Pero disparó, Mistress Serrocold.

Carrie Louise sonrió.

—Supongo que se dispararía el arma por casualidad.

El inspector Curry volvió a exasperarse.

—No fue casualidad. Lawson disparó dos veces... contra su esposo. Las balas debieron de pasarle casi rozando.

Carrie Louise pareció sorprenderse y se puso seria.

—No puedo creerlo. Oh, sí... —se apresuró a decir

ante el gesto de protesta del inspector—; claro que debo creerlo si usted me lo dice. Pero todavía sigo pensando que debe de haber alguna explicación más sencilla. Tal vez el doctor Maverick sepa dármela.

—Sí, claro, el doctor Maverick se la dará —afirmó el inspector, sonriendo—. Él puede explicarlo todo. Estoy seguro.

Inesperadamente Mistress Serrocold le dijo:

—Ya sé que mucho de lo que hacemos aquí le parecerá tonto y sin objeto, y pensará que los psiquiatras algunas veces son muy pesados. Pero obtenemos buenos resultados, ¿sabe? Tenemos nuestros fracasos, pero también nuestros éxitos. Y lo que intentamos merece la pena. Y aunque con toda probabilidad no lo creerá, Edgar quiere mucho a mi esposo. Comenzó a decir todas estas tonterías de que Lewis era su padre por lo mucho que desearía tener un padre como él. Pero lo que no puedo comprender es por qué se puso tan violento de repente. Estaba mucho mejor..., prácticamente normal. Desde luego que a mí siempre me ha parecido una persona normal.

El inspector no quiso discutir este punto.

—El revólver con que Edgar Lawson amenazó a su esposo pertenecía al marido de su nieta. Es de suponer que Lawson lo cogiera de la habitación de Walter Hudd. Ahora, dígame, ¿había visto antes este revólver?

Y le mostró en la palma de la mano una pequeña pistola automática.

Carrie Louise la observó.

—La encontré en el taburete del piano. Ha sido disparada recientemente. No hemos tenido tiempo de comprobarlo con exactitud, pero me atrevería a asegurar que es el arma con que mataron a Mister Gulbrandsen.

—¿Y la encontró en el taburete del piano? —preguntó con el ceño fruncido.

—Bajo unas partituras de música, que yo diría que nadie ha tocado desde hace años.

—¿Escondida, entonces?

—Sí. ¿Recuerda quién se sentó al piano la noche pasada?

—Stephen Restarick.

—¿Estuvo tocando?

—Sí. Muy bajo. Una melodía extraña y melancólica.

—¿Cuándo dejó de tocar, Mistress Serrocold?

—¿Cuándo? No lo sé.

—Pero ¿dejó de tocar? ¿No siguió tocando durante toda la pelea?

—No. La música cesó.

—¿Se levantó de su sitio?

—No lo sé. No tengo ni idea de lo que hizo hasta que se acercó a la puerta del despacho para probar una llave.

—¿Conoce alguna razón por la cual Stephen Restarick pudiera haber matado a Mister Gulbrandsen?

—Ninguna. —Y añadió pensativa—: No creo que le matara.

—Gulbrandsen pudo haber descubierto algo que le desacreditara.

—No lo creo probable.

El inspector Curry sintió un deseo irresistible de contestar:

—Cuando la rana críe pelo..., tampoco eso parece probable.

Era un dicho de su abuela. Estaba seguro de que Miss Marple debía de conocerlo.

III

Carrie Louise bajó la amplia escalera y tres personas salieron a su encuentro desde distintas direcciones. Gina llegaba del pasillo, Miss Marple de la biblioteca y Juliet Bellever del Gran Vestíbulo.

Gina fue la primera en hablar.

—¡Querida abuelita! —exclamó con cariño—. ¿Te encuentras bien? ¿Te han asustado o han empleado contigo el tercer grado?

—Claro que no, Gina. ¡Qué cosas se te ocurren! El inspector es muy amable y ha sido muy considerado.

—Como debe ser —repuso Miss Bellever—. Ahora, Cara, acabo de recoger todas tus cartas y un paquete. Iba a subírtelos en este momento.

—Llévalos a la biblioteca —le dijo Carrie Louise. Y las cuatro se dirigieron hacia allí.

Carrie Louise tomó asiento y comenzó a abrir su correspondencia. Había por lo menos veinte o treinta cartas.

Una vez abiertas, se las tendió a Miss Bellever, que

las colocó en montoncitos, cuyo significado explicó a Miss Marple.

—Hay tres categorías. Unas son de los parientes de los muchachos. Esas se las entrego al doctor Maverick. Las que piden cosas las despacho yo misma. Y el resto son personales, y Cara me dice cómo debo contestarlas.

Una vez que hubo terminado de clasificar la correspondencia, Mistress Serrocold dirigió la atención al paquete, cuyo cordel cortó con unas tijeras.

Entre virutas, muy bien empaquetada, apareció una caja de bombones atada con una cinta dorada.

—Alguien cree que es mi cumpleaños —dijo Mistress Serrocold con una sonrisa.

Quitó la cinta para abrir la caja. Dentro había una tarjeta que Carrie Louise miró con ligera sorpresa.

—«De Alex, con cariño» —leyó—. Qué extraño que me enviara una caja de bombones el mismo día que iba a venir.

Una sospecha cruzó por la mente de Miss Marple, quien se apresuró a decir:

—Espera, Carrie Louise. No te los comas todavía.

Mistress Serrocold pareció sorprenderse.

—Iba a daros a todas.

—Pues no lo hagas. Espera a que pregunte... ¿Sabes si Alex está en casa, Gina?

—Creo que ahora está en el vestíbulo —repuso esta enseguida, yendo hasta la puerta para llamarle.

Alex Restarick apareció momentos después.

—¡Querida Madonna! ¿Ya estás levantada? ¿No ha sido nada?

Y acercándose a Carrie Louise, la besó cariñosamente en ambas mejillas.

Miss Marple dijo:

—Carrie Louise quiere darle las gracias por los bombones.

Alex se sorprendió.

—¿Qué bombones?

—Estos —contestó Carrie Louise.

—Pero si yo no te he enviado bombones, querida.

—La caja lleva su tarjeta —señaló Miss Bellever.

Alex la miró.

—Pues es cierto. ¡Qué extraño! Es muy raro... Desde luego, yo no los he mandado.

—Qué cosa tan extraordinaria —comentó Miss Bellever.

—Parecen deliciosos —opinó Gina, mirando el contenido de la caja—. Mira, abuelita, los del centro son de licor. Tus preferidos.

Miss Marple, con ademán resuelto, le arrebató la caja y, sin pronunciar palabra, salió de la estancia y fue al encuentro de Lewis Serrocold. Le costó bastante encontrarle, porque se había ido al colegio, y allí le halló en la habitación del doctor Maverick. Puso la caja de bombones sobre la mesa. Lewis escuchó el breve resumen que le hizo de lo ocurrido. Su rostro se puso repentinamente tenso.

Con sumo cuidado, Lewis y el doctor fueron cogiendo los bombones uno por uno para examinarlos.

—Creo que estos que he separado han sufrido alguna manipulación —dijo el doctor Maverick—. ¿Ve usted la desigualdad de su parte inferior? Lo que hay que hacer ahora es analizarlos.

—Pero parece increíble —observó Miss Marple—. Todos los de esta casa podrían haber sido asesinados.

Lewis asintió, todavía con el rostro pálido y contraído.

—Sí. Es algo muy cruel... —Se interrumpió—. Me parece que, precisamente, estos bombones son de licor. Los favoritos de Caroline. Así que, ya ven, hay cierta intención tras todo esto.

Miss Marple repuso tranquilamente, con calma:

—Si es como usted supone..., si hay veneno en esos bombones, me temo que Carrie Louise debe saber lo que ocurre. Debe estar sobre aviso.

—Sí —contestó Lewis con pesadumbre—. Tendrá que saber que alguien quiere asesinarla. Aunque creo que le va a parecer del todo imposible.

Capítulo 16

I

—¡Ah!, señorita. ¿Es cierto que está actuando un terrible envenenador?

Gina se echó hacia atrás el cabello que le caía sobre la frente y dio un respingo al oír aquella pregunta. Llevaba manchas de pintura en la cara y en los pantalones. Junto con sus ayudantes, seleccionados entre los muchachos, había estado muy atareada pintando para su próxima producción teatral un telón de fondo que representaba una puesta de sol en el Nilo. Fue uno de sus ayudantes quien hizo la pregunta: Ernie, el muchacho que le había dado lecciones sobre el modo de abrir las cerraduras. Sus dedos eran también hábiles en el manejo de las herramientas de carpintería, y era uno de los más entusiastas de la sección teatral.

Ahora sus ojos brillaban.

—¿De dónde has sacado esa idea? —preguntó Gina indignada.

Ernie le guiñó un ojo.

—Es de lo que se habla en los dormitorios —repuso—. Pero escuche, señorita, no fue ninguno de nosotros... Nada de eso. Nadie podría hacerle daño a Mistress Serrocold. Ni siquiera Jenkins se atrevería a engañarla. Sería distinto si se tratara de esa vieja bruja. Nadie querría envenenarla, nadie.

—No hables así de Miss Bellever.

—Lo siento, señorita. Se me ha escapado. ¿Qué veneno es ese, señorita? ¿Estricnina? Le causa a uno dolor de espalda y una agonía terrible. ¿O era ácido prúsico?

—No sé de qué me estás hablando, Ernie.

Ernie volvió a dedicarle un guiño.

—¡Vaya que no! Mister Alex lo hizo, según dicen. Le trajo bombones de Londres. Pero eso es mentira. Él no haría una cosa así, ¿verdad, señorita?

—Claro que no —respondió Gina.

—Es más probable que lo hiciera Mister Baumgarten. Cuando nos da clase pone unas caras terribles, y creemos que es un vampiro.

—Quita de ahí la trementina.

Ernie obedeció mientras murmuraba para sus adentros:

—¡Vaya mundo! Ayer quitaron de en medio al viejo Gulbrandsen y ahora un envenenador secreto. ¿No cree que puede ser la misma persona? ¿Qué opinaría usted, señorita, si le dijera que sé quién lo mató?

—No es posible que tú lo sepas.

—¿Que no? Suponga que anoche estuve fuera y lo vi.

—¿Cómo iba a ser posible que estuvieses fuera? El colegio se cierra a las siete, después de pasar lista.

—Después de pasar lista, yo puedo salir cuando quiera, señorita. Los cerrojos no son un impedimento para mí. Salgo a pasear por el parque solo para divertirme.

—Quisiera que dejases de decir mentiras, Ernie.

—¿Quién las dice?

—Tú. Mientes y te jactas de cosas que nunca has hecho.

—Eso es lo que usted dice, señorita. Espere a que vengan los polis y me pregunten lo que vi la noche pasada.

—Y bien, ¿qué viste?

—¡Ah! —replicó Ernie—. ¿Le gustaría saberlo?

Gina hizo ademán de perseguirle y Ernie se apartó. Stephen salía por el otro lado del teatro y fue a reunirse con Gina. Discutieron algunos asuntos técnicos y luego caminaron juntos en dirección a la casa.

—Parece que todos saben lo de la abuelita y los bombones —dijo Gina—. Me refiero a los muchachos. ¿Cómo se habrán enterado?

—Nos habrán oído hablar.

—Y saben lo de la tarjeta de Alex. Stephen, ¿no te parece una tontería haber puesto la tarjeta de Alex en la caja cuando precisamente iba a venir?

—Sí, pero ¿quién sabía que iba a venir? Lo decidió de sopetón y envió un telegrama. Probablemente entonces ya habrían enviado la caja al correo, y si Alex no llega a venir, habría funcionado, porque algunas veces le manda bombones a Caroline.

Y prosiguió:

—Lo que no puedo comprender es...

—... que haya alguien que quiera matar a la abuelita —le atajó Gina—. Lo sé. ¡Es inconcebible! Es tan adorable... que absolutamente todos la quieren.

Stephen no respondió; Gina tenía la mirada fija en él.

—¡Sé lo que estás pensando, Stephen!

—¿Qué?

—Estás pensando que Wally... no la adora. Pero él no es capaz de envenenar a nadie. Es una idea ridícula.

—¡La esposa fiel!

—No lo digas en ese tono de burla.

—No tenía intención de burlarme. Creo que lo eres. Por eso te admiro; pero, querida Gina, ya sabes que no puedes ocultarlo.

—¿Qué quieres decir?

—Lo sabes muy bien. Tú y Wally no sois el uno para el otro. Es una de esas cosas que saltan a la vista. Él también lo sabe. Cualquier día llegará la ruptura, y los dos seréis mucho más felices.

—No seas idiota.

Stephen se echó a reír.

—Vamos, no irás a decir que os lleváis muy bien o que Wally es feliz aquí.

—Oh, no sé qué le pasa —exclamó la joven—. Siempre está triste. Apenas habla. Yo... yo no sé qué hacer. ¿Por qué no puede pasarlo bien aquí? Nos habíamos divertido tanto juntos..., todo era divertido... y ahora parece otro. ¿Por qué tienen que cambiar tanto las personas?

—¿Yo he cambiado?

—No, querido Stephen. Tú sigues igual. ¿Recuerdas cómo te iba detrás durante las vacaciones?

—Y qué pesada me parecías... Pensaba: «Esa chiquilla despreciable...». Bien, ahora se han invertido los papeles. Y me tienes donde tú querías, ¿no es cierto, Gina?

—Qué tonto eres... —afirmó Gina sin vacilar. Y agregó apresuradamente—: ¿Tú crees que Ernie ha mentido? Dice que estuvo paseando entre la niebla ayer por la noche y asegura que puede decir muchas cosas del asesino. ¿Tú crees que puede ser cierto?

—¿Cierto? Claro que no. Ya sabes cómo le gusta inventarse cosas. Lo hace para darse importancia.

—Oh, lo sé. Solo que quisiera saber...

Continuaron andando uno junto al otro, sin cruzar palabra.

II

El sol poniente iluminaba la fachada oeste de la casa. El inspector Curry miró en aquella dirección.

—¿Es este el sitio donde detuvo su automóvil anoche? —preguntó.

Alex Restarick se echó un poco hacia atrás, como si reflexionase.

—Más o menos —repuso—. Es difícil precisarlo con exactitud. Había mucha niebla. Sí, yo diría que fue aquí.

Curry miró a su alrededor indagando y dio una orden al policía Constable Dodgett.

El camino enarenado formaba una curva suave orientada hacia la casa. Dodgett atravesó el espacio cubierto de césped, llegó a la terraza y entró por la puerta lateral. Momentos después se agitaron violentamente las cortinas de una de las ventanas. Luego Dodgett volvió a aparecer por la puerta que daba al jardín y regresó, jadeando como una máquina de vapor.

—Dos minutos y cuarenta y dos segundos —dijo el inspector Curry parando el cronómetro—. No se necesita más tiempo para estas cosas, ¿verdad?

Su tono era tranquilo.

—Yo no corro tanto como su ayudante —señaló Alex—. Me figuro que son mis supuestos movimientos lo que está usted controlando.

—Solo hago constar que usted tuvo oportunidad de cometer el crimen. Eso es todo, Mister Restarick. No estoy acusando a nadie... todavía.

Alex se dirigió al ayudante, que aún jadeaba.

—No puedo correr tanto como usted, pero creo que estoy más entrenado.

—Esto me pasa desde el año pasado, que tuve bronquitis —explicó Dodgett.

—Ahora, en serio —Alex se dirigió al inspector—, a pesar de querer ponerme nervioso y observar mis reacciones..., debe recordar que los artistas somos, oh, tan sensibles... ¡Y muy tiernos! —Su voz adquirió un tono burlón—. ¿Cree de verdad que yo tengo algo que ver con todo esto? Nunca enviaría una caja de bombones envenenados a Mistress Serrocold con mi tarjeta dentro, ¿no le parece?

—Tal vez sea esto lo que se quiere hacernos pensar. Existe el doble engaño, Mister Restarick.

—Ah, ya. Muy ingenioso. A propósito: ¿estaban envenenados esos bombones?

—Los rellenos de licor que había en el centro, sí. Contenían aconitina.

—No es ninguno de mis venenos favoritos, inspector. Personalmente siento debilidad por el curare.

—El curare tiene que ser introducido en la sangre, Mister Restarick, y no en el estómago.

—Qué conocimientos tan maravillosos posee la policía —dijo Alex admirado.

El inspector Curry miró de reojo al joven, observando sus puntiagudas orejas y sus facciones, más propias de un mongol que de un inglés. En sus ojos brillaba una chispa de burla maliciosa. Era difícil de saber en cualquier ocasión lo que Alex Restarick estaba pensando. ¿Era un sátiro... o tal vez un fauno? Un fauno sobrealimentado, pensó el inspector Curry de repente, y esta idea le llenó de inquietud.

Una serpiente con cerebro, así podía definirse a Alex Restarick. Más listo que su hermano. Su madre era rusa o algo así, según había oído decir. Todo lo que tenía algo que ver con Rusia era malo, según opinión del inspector Curry, y si Alex Restarick había asesinado a Gulbrandsen resultaría un asesino muy adecuado. Pero, por desgracia, Curry no estaba convencido en absoluto de que lo fuera.

El ayudante Dodgett, que había recobrado el aliento, dijo:

—He movido las cortinas como usted me ha pedido, señor. Y he contado hasta treinta. He notado que esas cortinas tienen un roto en la parte superior. Eso quiere decir que queda una abertura que permite ver desde fuera si hay luz en la habitación.

—¿Notó usted si había luz en esa ventana la noche pasada? —preguntó el inspector Curry a Alex.

—No podía distinguir la casa a causa de la niebla. Ya se lo he dicho.

—Pero la niebla se aclara a veces durante uno o dos minutos en algunos puntos.

—No se aclaró lo suficiente para que pudiera ver la casa, es decir, la parte principal. El edificio del gimnasio, que me quedaba más cerca, surgía ante la niebla de un modo delicioso e irreal. Daba la impresión de que estuviéramos en un almacén del puerto. Como le conté, estoy montando un ballet y...

—Ya me lo explicó —se apresuró a recordarle el inspector Curry.

—Uno se acostumbra a mirar las cosas desde el punto de vista de una decoración escénica, más que desde la realidad.

—Me lo figuro. Y, no obstante, un escenario es bastante real, ¿no es cierto, Mister Restarick?

—No veo a qué se refiere usted, inspector.

—Pues que está hecho de materias reales... lona, madera, pintura y cartón. La ilusión está en los ojos del espectador, no en la escena. Así, como le digo, es todo totalmente real, tanto entre bastidores como visto de frente.

—¿Sabe, inspector, que ese comentario demuestra mucha perspicacia? Me ha dado una idea.

—¿Para otro ballet?

—No, no es para un ballet... Válgame Dios. ¿No habremos sido demasiado estúpidos?

III

El inspector y Dodgett regresaron a la casa atravesando el césped. (En busca de huellas, pensó Alex, pero se equivocaba. Las estuvieron buscando a primera hora de la mañana, sin éxito, pues había llovido copiosamente a las dos de la madrugada.) Alex volvía por el camino, dando vueltas en su cabeza a la nueva idea que se le había ocurrido.

Sin embargo, se distrajo de estos pensamientos al ver a Gina paseando junto al lago. La casa estaba sobre una ligera colina, y el terreno declinaba suavemente desde la explanada cubierta de grava hasta el lago, rodeado de rododendros y otros arbustos. Alex corrió a su encuentro.

—Si uno pudiera olvidarse de esa absurda monstruosidad victoriana —dijo poniendo los ojos en blanco—, este podría ser *El lago de los cisnes*, y tú, Gina, su Reina. Aunque te pareces más a la reina de las Nieves. Eres cruel, siempre quieres salirte con la tuya, sin mostrar la menor piedad, amabilidad, o ni siquiera compasión. Eres muy, pero que muy femenina, querida Gina.

—¡Qué malicioso eres, querido Alex!

—¿Porque no quiero dejarme engañar por ti? Estás muy satisfecha de ti misma, ¿no es así, Gina? Nos tienes a todos como a ti te gusta. A mí, a Stephen y al infeliz de tu marido.

—No digas tonterías.

—Oh, no. No son tonterías. Stephen está enamorado de ti, y yo también, y Wally está desesperado. ¿Qué más puede desear una mujer?

Gina le miró y se echó a reír.

—Celebro ver que al menos eres sincera. No te molestas en simular que no eres atractiva... o que te fastidia terriblemente que los hombres se sientan atraídos por ti. Te gusta que se enamoren de ti, ¿verdad, cruel y despiadada Gina? ¡Incluso el pobre Edgar Lawson!

Gina le miró de hito en hito y repuso con seriedad:

—Ya sabes que eso no dura mucho tiempo. La juventud de las mujeres es más corta que la de los hombres. Tienen hijos... y se preocupan muchísimo por ellos. En cuanto pierden su atractivo, los hombres ya no las quieren y las dejan de lado. No se lo reprocho. Yo haría lo mismo. No me agradan las personas viejas, feas o enfermas, las que se quejan de sus problemas o las que son tan ridículas como Edgar, pavoneándose e inventando cosas para darse importancia. ¿Dices que soy cruel? ¡Es el mundo el cruel! ¡Y más pronto o más tarde lo será conmigo! Pero ahora soy joven, bonita, y la gente me encuentra atractiva. —Sus dientes brillaron al mostrarlos con su peculiar sonrisa—. Sí, Alex, me divierte. ¿Por qué no puedo divertirme?

—¿Por qué no, desde luego? —replicó Alex—. Lo que quiero saber es lo que vas a hacer; ¿vas a casarte con Stephen o conmigo?

—Estoy casada con Wally.

—Temporalmente. Cualquier mujer puede cometer un error al casarse, pero no hay necesidad de persistir en el error. Una vez que se ha representado la comedia en provincias, ha llegado la hora de representarla en Londres.

—¿Y ese Londres eres tú?

—Sin duda alguna.

—¿De veras quieres casarte conmigo? No te puedo imaginar casado.

—Pues insisto en ello. Las aventuras siempre me han parecido muy anticuadas. Luego surgen infinidad de dificultades para los pasaportes, hoteles y demás. ¡No tendré nunca una amante, a menos que no haya otro remedio!

La risa de Gina sonó clara y fresca.

—Eres muy divertido, Alex.

—Es todo lo que tengo. Stephen es más atractivo que yo. Es muy guapo y vehemente, cosa que entusiasma a las mujeres. Pero la vehemencia resulta aburrida en el hogar. Conmigo, Gina, la vida te divertirá más.

—¿Es que no vas a decirme que me amas con locura?

—Por verdad que eso fuera, no te lo diría. Tú ganarías un punto y yo lo perdería. No, estoy dispuesto a pedirte que te cases conmigo de un modo comercial.

—Tendré que pensarlo —repuso Gina sonriendo.

—Naturalmente. Además, primero tienes que sacar a Wally de su desesperación. Le tengo mucha simpatía. Debe de ser un infierno para él estar casado contigo y que le hayas arrastrado hasta esta pesada y filantrópica atmósfera familiar.

—¡Qué animal eres, Alex!

—Un animal muy perspicaz.

—Algunas veces —dijo Gina—. No creo que Wally me quiera tanto. Ya no me hace ningún caso.

—¿Le has estado molestando con un palo y no te ha mordido? Qué contrariedad.

Como un relámpago, la mano de Gina propinó una bofetada en la suave mejilla de Alex.

—¡Tocado! —exclamó Alex.

Con un rápido movimiento, la tomó en sus brazos y antes de que ella pudiese resistirse la besó con ardor. La joven se debatió unos momentos... Luego fue cediendo...

—¡Gina!

Se separaron. Mildred Strete, con el rostro arrebolado y los labios temblorosos, los miraba acusadoramente. Por unos momentos su vehemencia apenas le permitió pronunciar las palabras.

—Qué lamentable..., qué lamentable..., eres igual que tu madre... Siempre supe que eras mala..., de mala raza..., depravada..., y no solo una esposa infiel..., sino además una asesina. ¡Sé lo que digo!

—¿Y qué es lo que sabes? No seas ridícula, tía Mildred.

—No soy tía tuya, a Dios gracias. No tenemos ningún parentesco de sangre. ¡Tú ni siquiera sabes quién fue tu madre, ni de dónde vino! Pero yo sé muy bien quiénes eran mis padres. ¿Qué clase de criatura crees que adoptarían ellos? ¡La hija de un criminal o de una mujer desgraciada, con toda seguridad! Eso debían de ser tus padres. Debieron de pensar que la mala sangre sale a relucir algún día. Aunque me atrevería a asegurar que es la parte italiana que hay en ti la que te hizo emplear veneno.

—¿Cómo te atreves a hablarme así?

—Diré lo que me dé la gana. Ahora no puedes negarlo. ¡Atrévete a negar que alguien intentó envenenar a mi madre! ¿Y quién es la persona más interesada? ¿Quién heredará una gran fortuna a su muerte? Tú, Gina, y puedes estar segura de que la policía no ha pasado por alto ese detalle.

Mildred se alejó a toda prisa, temblando todavía.

—Un caso patológico —dijo Alex—. Definitivamente patológico. Muy interesante.

—No seas ofensivo, Alex. Oh, la odio, la odio, la odio.

Gina se retorcía las manos con furia.

—Por suerte no tenías un arma a mano —dijo Alex—. De otro modo, la querida Mistress Strete hubiera sabido algo más sobre el crimen, desde el punto de vista de la víctima. Cálmate, Gina. No te pongas melodramática, como si estuvieras representando una ópera italiana.

—¿Cómo se atreve a decir que yo intento envenenar a la abuela?

—Bueno, querida; alguien ha tratado de hacerlo. Y tú tienes bastantes motivos, ¿no te parece?

—¡Alex! —Gina le miró consternada—. ¿La policía sospecha de mí?

—Es extremadamente difícil saber lo que piensa la policía... Oculta a la perfección sus opiniones. No es tonta, ya lo sabes. Eso me recuerda...

—¿Adónde vas?

—A poner en práctica una idea.

Capítulo 17

I

—¿Dices que alguien ha intentado envenenarme?

La voz de Carrie Louise denotaba asombro e incredulidad.

—¿Sabes? —dijo—, no puedo creerlo.

Aguardó unos momentos con los ojos entrecerrados.

—Quisiera haber podido evitarte esto, querida —le indicó Lewis con toda amabilidad.

Casi de un modo automático ella le tendió una mano que él tomó entre las suyas.

Miss Marple, que se hallaba sentada a su lado, meneó la cabeza expresando su simpatía.

Carrie Louise abrió los ojos.

—¿Es verdad, Jane? —le preguntó.

—Me temo que sí, querida.

—Entonces todo... —Carrie Louise se interrumpió—. Siempre creí saber lo que era real y lo que no lo era. —Prosiguió—. Esto no lo parece... y lo es... Así que debo de haberme equivocado siempre... Pero ¿quién iba a querer hacerme una cosa así? No es posible que nadie en esta casa quiera... asesinarme.

Su voz seguía denotando incredulidad.

—Eso es lo que yo pensaba —señaló Lewis—. Estaba equivocado.

—¿Y Christian lo sabía? Eso lo explica todo.

—¿Qué es lo que explica? —quiso saber Lewis.

—Su comportamiento —repuso Carrie Louise—. Estaba muy raro, ¿sabes? No era el de siempre. Parecía preocupado por mí y como si quisiera decirme algo... que no me dijo. Y me preguntó si tenía el corazón fuerte, si había estado bien últimamente. Tal vez quiso sonsacarme algo. Pero ¿por qué no me lo dijo con toda franqueza? Es mucho más sencillo decir las cosas sin rodeos.

—No quiso causarte pena, Caroline.

—¿Pena? Pero ¿por qué...? Oh, ya comprendo. —Sus ojos se abrieron como platos—. Eso es lo que tú crees. Pero estás equivocado, Lewis, completamente equivocado. Puedo asegurártelo.

Su esposo esquivó la mirada.

—Lo siento —dijo Carrie Louise al cabo de unos momentos—. Pero no puedo creer que sea verdad nada de lo que ha ocurrido estas semanas. Edgar disparando contra ti. Gina y Stephen. Esa ridícula caja de bombones. No puede ser cierto.

Nadie habló.

Caroline Louise Serrocold, después de suspirar, declaró:

—Me figuro que he vivido durante mucho tiempo lejos de la realidad... Por favor, quisiera estar sola... Tengo que intentar comprender...

II

Cuando Miss Marple bajaba la escalera para dirigirse al Gran Vestíbulo, se topó con Alex Restarick, que estaba de pie junto al arco de la puerta de entrada con el brazo extendido en un ademán extravagante.

—Pase, pase —dijo Alex alegremente como si fuera dueño del vestíbulo—. Pensaba en lo de ayer por la noche.

Lewis Serrocold, que había seguido a Miss Marple desde la habitación de Carrie Louise, atravesó el Gran Vestíbulo, se refugió en su despacho y cerró la puerta tras de sí.

—¿Es que intenta reconstruir el crimen? —preguntó Miss Marple con disimulado interés.

—¿Eh? —Alex la miraba con el ceño fruncido, que luego desarrugó—. Oh, eso —repuso—. No, no es exactamente eso. Estaba mirándolo desde un punto de vista del todo distinto. Pensaba en ello en términos teatrales. No real, sino de forma artificial. Venga aquí. Piense en los términos de un escenario. Luces, entradas, salidas. Personajes. Ruidos. Todo muy interesante. Creo que el inspector es un hombre bastante cruel.

Esta mañana ha hecho todo lo que ha podido para asustarme.

—¿Y lo ha conseguido?

—No estoy seguro.

Alex le describió el experimento del inspector de cronometrar el tiempo mientras su ayudante Dodgett hacía el recorrido falto de aliento.

—El tiempo engaña —le dijo—. Uno cree que estas cosas necesitan mucho, pero, claro, no es así.

—No —respondió Miss Marple.

Representando al público, se cambió de sitio. El escenario consistía en un amplio tapiz, que cubría toda la pared hasta perderse en la oscuridad, un piano de cola, una ventana y el asiento junto a esta. Muy cerca de la ventana estaba la puerta que daba a la biblioteca. El taburete del piano solo quedaba a unos dos metros y medio de la puerta que daba al pie de la escalera y al pasillo. Dos salidas muy convenientes. El público, naturalmente, tenía una perfecta vista de ambas.

Pero la noche anterior no había habido público. Nadie, por así decirlo, había estado contemplando el escenario que ahora Miss Marple tenía ante sus ojos. La noche anterior el público daba la espalda a la escena.

«¿Cuánto debió de tardar —pensaba Miss Marple— en escurrirse de la estancia, recorrer el pasillo, disparar contra Gulbrandsen y regresar? Contando los minutos y segundos, muy poco en realidad... Pudo ser así. ¿Y qué quiso dar a entender Carrie Louise cuando dijo a su esposo: "Eso es lo que tú crees, pero estás equivocado, Lewis"?»

—Debo confesar que fue una observación muy acertada por parte del inspector. —La voz de Alex la sacó de sus meditaciones—. Al decir que un escenario es algo real, hecho de madera y cartón pegados con cola y tan verdadero por el lado pintado como por el otro. «La ilusión está en los ojos del espectador», ha sido lo que ha dicho.

—Como los ilusionistas —murmuró Miss Marple—. *El truco de los espejos*, creo que es la frase que emplean en el lenguaje teatral.

Stephen Restarick entraba en aquellos momentos respirando con cierta dificultad.

—Hola, Alex —lo saludó—. Ese muchacho, Ernie Greg..., no sé si lo recuerdas...

—¿El que hizo el papel de Feste cuando representaste *La duodécima noche*? Me pareció que tenía talento.

—Sí, lo tiene. También sus manos son muy hábiles. Hace muchos trabajos de carpintería. Sin embargo, ahora eso no viene al caso. Ha estado diciéndole a Gina que sale por las noches y se pasea por los alrededores, que anoche estaba por aquí, y se jacta de haber visto algo.

Alex se volvió en redondo.

—¿Qué es lo que ha visto?

—¡No quiere decirlo! Me parece que solo trata de intervenir en esta representación. Es un mentiroso. He pensado que tal vez habría que interrogarlo.

—Yo, de momento, lo dejaría —repuso Alex con aspereza—. No vaya a creer que estamos muy interesados.

—Tal vez tengas razón. Esta noche, quizá.

Stephen se dirigió a la biblioteca.

Miss Marple dio lentamente la vuelta al vestíbulo representando su papel de auditorio móvil, y tropezó con Alex, que de pronto había echado a andar hacia atrás.

—Lo siento —dijo Miss Marple.

Alex, con el ceño fruncido, respondió distraído:

—Perdone. —Y agregó sorprendido—: Oh, es usted.

A la solterona le pareció una observación extraña viniendo de una persona con la que llevaba un rato charlando.

—Estaba pensando en otras cosas —le explicó—. Ese chico, Ernie... —Hizo un gesto vago con ambas manos.

Luego, de repente, cruzó el vestíbulo, fue a la biblioteca y cerró la puerta tras de sí.

A través de la puerta cerrada se oía el rumor de las voces, pero Miss Marple apenas prestó atención. Le interesaba lo que el versátil Ernie podía haber visto, o inventado. No creyó ni por un momento que Ernie hubiera escogido una noche tan oscura como la anterior para poner en práctica sus habilidades como cerrajero y pasear por el parque. Lo más probable era que no hubiera salido aquella noche. Lo dicho, eran solo fanfarronadas.

«Como Johnnie Backhouse», pensó Miss Marple, que siempre tenía un buen surtido de comparaciones entre los habitantes de St. Mary Mead.

«Te vi anoche», decía siempre Johnnie Backhouse a todo el que pensaba que sus palabras le iban a afectar.

Y era sorprendente ver los éxitos obtenidos. Pues muchas personas habían estado en sitios donde no deseaban ser vistas.

Alejó a Johnnie de su mente y centró sus pensamientos en algo vago que había despertado el relato de Alex sobre las observaciones del inspector Curry, y que le dio una idea. A lo mejor la misma que se le había ocurrido a ella. ¿Sería igual? ¿Otra distinta?

Permaneció de pie donde había tropezado con Alex, pensando entretanto: «Esto no es un verdadero vestíbulo, sino un montón de cartones, lonas y maderas. Esto es un escenario...».

Algunas frases sueltas cruzaron por su mente: «Ilusión... en los ojos del espectador». «El truco de los espejos...» Peceras llenas de pececillos dorados, metros de cintas de colores, mujeres que desaparecen... Toda la falsedad del arte de los ilusionistas... Toda una gama de trucos bien dispuestos...

Algo acudió a su subconsciente, una imagen, unas palabras que Alex había dicho, que le había descrito: el ayudante Dodgett jadeando, jadeando... Algo que flotaba en su mente tomó forma de pronto...

—¡Pues claro! —exclamó—. Eso debe de ser...

Capítulo 18

I

—¡Oh, Wally, qué susto me has dado!

Gina, que salía del escenario entre la penumbra, se sobresaltó al ver la figura de Wally Hudd recortándose en la oscuridad. Todavía no era noche cerrada, pero la media luz hace que los objetos pierdan realidad y tomen formas fantásticas, de pesadilla.

—¿Qué estás haciendo aquí? Por lo general nunca te acercas al teatro.

—Puede que te anduviese buscando, Gina. Es el mejor sitio para encontrarte, ¿no es cierto?

La voz pastosa de Wally no dejó entrever ninguna insinuación especial y, no obstante, Gina se acobardó un tanto.

—Es un trabajo que me gusta. Me encanta el olor de la pintura y la lona fuerte y tensa de los decorados.

—Sí. Significa mucho para ti. Ya lo he visto. Dime, Gina, ¿cuánto tiempo crees tú que tardará en aclararse este asunto?

—La vista de la causa será mañana. Solo podrá aplazarse quince días o una cosa así. Por lo menos, eso es lo que me ha dado a entender el inspector Curry.

—Quince días —repitió Wally pensativo—. Ya. Digamos quizá tres semanas. Y después... seremos libres. Entonces volveré a Estados Unidos.

—¡Oh! ¡Pero yo no puedo marcharme así! —exclamó Gina—. No puedo dejar a la abuelita. Y ahora tenemos dos nuevas producciones en las que estamos trabajando...

—No he dicho «nos iremos»..., sino que me iré yo.

Gina se detuvo para mirar a su esposo. El efecto de las sombras le hizo parecer muy alto. Una figura grande, tranquila, pero en cierto modo ligeramente amenazadora.

—¿Quieres decir... —vacilaba— que no quieres que vaya contigo?

—Pues no..., yo no he dicho eso.

—Entonces te da lo mismo que vaya o no. ¿No es eso?

—Escucha, Gina. De eso es de lo que tenemos que hablar. No sabíamos gran cosa el uno del otro cuando nos casamos, ni de nuestro pasado ni de nuestras familias. Pensamos que no importaba... Lo único importante era pasarlo bien juntos. Fin del primer acto. Tus parientes no pensaron ni... piensan... bien de mí. Tal vez tengan razón. No soy de su clase. Pero si crees que voy a quedarme aquí, haciendo cosas que yo considero locuras..., en ese caso, piénsalo bien. Yo quiero vivir en mi país y dedicarme a una clase de trabajo que me guste y pueda hacer. La idea que yo tengo de lo que debe ser una esposa es la de una mujer como las que acompañaban a los antiguos buscadores de oro, dispuesta a todo: penalidades, países desconocidos, peligros... Tal vez sea pedirte demasiado, pero tienes que ser todo eso, o nada. Puede que yo te indujera a casarte. De ser así, será mejor que te dé la libertad para que puedas comenzar de nuevo. Tú decidirás. Si prefieres a uno de esos muchachos artistas, es tu vida y tienes derecho a escoger, pero yo me vuelvo a casa.

—Creo que eres un completo cerdo —dijo Gina—. Yo me divierto aquí.

—¿Sí? Pues yo no. Me figuro que incluso un crimen te divierte.

—Eso que has dicho es una crueldad —repuso Gina aspirando con fuerza—. ¿No te das cuenta de que alguien ha estado envenenando a la abuela durante meses? ¡Es horrible!

—Ya te he dicho que no me gusta este sitio, ni las cosas que aquí ocurren. Me marcho.

—¡Si te dejan! ¿No te das cuenta de que es probable que te arresten por el asesinato del tío Christian? No me gusta cómo te mira el inspector Curry. Parece un gato a punto de saltar sobre el ratón. Estabas arreglando las luces y no eres inglés, así que estoy segura de que te echarán la culpa.

—Necesitan tener pruebas.

—Tengo miedo por ti, Wally. Lo tengo desde el principio.

—Eso no sirve de nada. ¡Te digo que no tienen nada contra mí!

Caminaron en silencio, en dirección a la casa.

—No creo que desees realmente que regrese a Estados Unidos contigo —dijo Gina al cabo de un rato.

Walter Hudd no contestó.

Gina se volvió hacia él y golpeó el suelo con el pie.

—Te odio. Te odio. Eres horrible, despreciable, un ser cruel y sin sentimientos. ¡Después de todo lo que he intentado hacer por ti! Quieres librarte de mí. No te importa no volverme a ver. Bueno, ¡pues a mí tampoco me importa no verte más! Fui una tonta cuando me casé contigo. Conseguiré el divorcio lo más pronto posible, y me casaré con Stephen o Alex, y seré mucho más feliz de lo que lo hubiera sido contigo. Y espero que tú vuelvas a Estados Unidos y te cases con alguna mujer horrible que te haga muy desgraciado.

—¡Espléndido! —replicó Wally—. ¡Ahora ya sabemos a qué atenernos!

II

Miss Marple vio a Gina y a Wally entrar juntos en la casa.

Se hallaba en el lugar donde el inspector Curry había llevado a cabo su experimento con la ayuda de Dodgett, su ayudante.

La voz de Miss Bellever hizo dar un respingo a Miss Marple.

—Si se está ahí quieta, cogerá frío, Miss Marple. Ya se ha puesto el sol.

Miss Marple, sumisa, echó a andar a su lado y juntas se dirigieron hacia la casa.

—Estaba pensando en los trucos de los ilusionistas —dijo Miss Marple—. Tan difíciles que parecen al principio y, no obstante, tan sencillos cuando te los explican. Sin embargo, sigo sin entender cómo se las arreglan para hacer aparecer una pecera llena de peces. ¿Ha visto alguna vez aserrar a una mujer por la mitad? Es un truco emocionante. Recuerdo que me fascinaba cuando tenía once años. Y nunca pude imaginar cómo lo hacían. Pero el otro día vi un artículo que lo explicaba todo. Nunca pensé que eso lo publicaran en los periódicos, ¿verdad? Parece que solo hay una mujer... y son dos. La cabeza de una y los pies de la otra. Uno cree que es una sola y son dos..., y el efecto es magnífico, ¿no le parece?

Miss Bellever la contemplaba ligeramente sorprendida.

Miss Marple no se había expresado nunca de un modo tan incoherente como entonces.

«Debe de haber sido demasiado para la pobre señora», pensó.

—Cuando solo se mira el lado de una cosa, solo se ve ese lado —continuaba la solterona—. Pero todo encaja maravillosamente si uno puede decidir lo que es realidad y lo que es ilusión. —Y agregó con brusquedad—: Y Carrie Louise..., ¿se encuentra bien?

—Sí —repuso Miss Bellever—. Está muy bien. Pero

debe de haber sido un gran golpe para ella... descubrir que alguien quiere asesinarla. Quiero decir que para ella tiene que ser peor, porque no comprende esa clase de violencia.

—Carrie Louise comprende muchas más cosas que usted y yo —contestó Miss Marple pensativa—. Siempre ha sido así.

—Sé a lo que se refiere... Pero no vive en un mundo real.

—¿No?

—Nunca hubo una persona que viviera menos en este mundo que Cara... —dijo Miss Bellever mirándola sorprendida.

—¿No cree usted que tal vez...? —Se interrumpió al ver pasar a Edgar Lawson dando grandes zancadas. Este hizo una inclinación de cabeza, pero volvió la cara al cruzar ante ellas—. Ahora recuerdo a quién se parece —afirmó Miss Marple—. Se me acaba de ocurrir hace unos momentos. Me recuerda a un joven llamado Leonard Wylie. Su padre era dentista, pero se volvió viejo y ciego y le temblaba el pulso, y la gente prefería que los visitara el hijo; pero el anciano se portó como un miserable, quedó muy abatido, dijo que ya no servía para nada, y Leonard, que tenía un corazón muy tierno y era bastante tonto, comenzó a beber más de lo que debía. Siempre olía a whisky y se hacía el borracho cuando atendía a sus clientes. Su intención era que volvieran con su padre al ver que él no era lo bastante bueno.

—¿Y lo consiguió?

—Claro que no —repuso Miss Marple—. Cualquiera con algo de sentido común sabía lo que iba a ocurrir. Los pacientes se fueron con un dentista rival, Mister Reilly. Muchas personas de buen corazón no tienen sentido común. Además, Leonard era tan poco convincente... La idea que tenía de un borracho era muy distinta de la realidad, y lo que hacía era desparramar el whisky por encima de sus ropas, ¿sabe?, hasta un extremo inconcebible.

Capítulo 19

Encontraron a la familia reunida en la biblioteca. Lewis paseaba de un lado a otro, y se respiraba cierta tensión en el ambiente.

—¿Ocurre algo? —preguntó Miss Bellever.

—Ernie Greg no estaba esta noche al pasar lista —replicó Lewis.

—¿Se ha escapado?

—No lo sabemos. Maverick y algunos profesores andan buscándole por los alrededores. Si no damos con él, habrá que avisar a la policía.

—¡Abuelita! —Gina corrió al lado de Carrie Louise, asustada por la palidez de su rostro—. Parece que estés enferma.

—Estoy muy disgustada. Este pobre chico...

—Esta tarde iba a interrogarle por si ayer por la noche vio algo de interés —dijo Lewis—. Me han ofrecido un buen empleo para él y pensé en hablarle de ello después de discutir lo de anoche. Ahora... —Se interrumpió.

Miss Marple murmuró por lo bajo:

—Pobrecillo..., el muy tonto...

Meneó la cabeza compasivamente y Mistress Serrocold le preguntó:

—¿Así que tú también piensas lo mismo, Jane?

Stephen Restarick entró en la estancia, afirmando:

—Te he echado de menos en el teatro, Gina. Creí que habías dicho que querías... Hola, ¿qué ocurre?

Lewis volvió a repetir lo que había contado y, cuando terminó de hablar, apareció el doctor Maverick acompañado de un muchacho rubio de mejillas sonrosadas y expresión angelical. Miss Marple lo recordaba por haber cenado con ellos la noche que llegó a Stonygates.

—Me he traído a Arthur Jenkins —informó el doctor Maverick—. Al parecer, ha sido el último que ha hablado con Ernie.

—Vamos, Arthur —apremió Mister Serrocold—. Ayúdanos, si es posible, por favor. ¿Adónde ha ido Ernie? ¿Es solo una travesura?

—No lo sé, señor. De verdad que no lo sé. No me ha dicho nada. Estaba entusiasmado con la obra que preparan. Ha dicho que tenía una idea estupenda para el escenario, de esas que Mistress Hudd y Mister Stephen consideran de primera clase.

—Hay otra cosa, Arthur. Ernie ha declarado que estuvo vagando por el parque ayer por la noche después del toque de queda. ¿Es cierto?

—Claro que no. Solo quiso darse importancia, eso es todo. Ernie es muy mentiroso. Nunca sale por la noche. Solía decir que era capaz de hacerlo, pero no es tan hábil como para abrir los cerrojos. No podía hacer nada ante un cerrojo de verdad. De todas formas, anoche estuvo dentro, me consta.

—¿No dirás eso para complacernos, Arthur?

—Lo juro —repuso con seriedad.

Lewis no pareció muy satisfecho.

—Escuchen —dijo el doctor Maverick—. ¿Qué ruido es ese?

Se fue aproximando un rumor de voces. La puerta se abrió de par en par, dando paso a Mister Baumgarten, pálido y descompuesto tras sus eternas gafas.

Balbuceó:

—Los... los hemos encontrado. Es horrible...

Se dejó caer sobre una silla, secándose la frente. Mildred Strete le preguntó con aspereza:

—¿Qué quiere decir con «los hemos encontrado»?

Baumgarten temblaba como una hoja.

—En el teatro. Tienen la cabeza destrozada..., el contrapeso debe de haber caído sobre ellos. Los dos han muerto... Alexis Restarick y ese otro muchacho, Ernie Greg.

Capítulo 20

—Te he traído una taza de caldo, Carrie Louise —le dijo Miss Marple—. Bébetelo, por favor.

Mistress Serrocold se incorporó en la gran cama de roble tallado. Parecía una niña pequeña. Sus mejillas habían perdido su tinte sonrosado y sus ojos tenían una expresión extraña y lejana.

Obediente, bebió lo que le ofrecía Miss Marple, que había tomado asiento en una silla junto a la cama.

—Primero Christian —decía Carrie Louise—, y ahora Alex y ese pobre tonto de Ernie. ¿Sabría algo en realidad...?

—No lo creo —repuso Miss Marple—. Siempre estaba contando mentiras..., dándose importancia y haciendo como que había visto o sabía algo. La tragedia es que alguien creyó sus mentiras.

Carrie Louise se estremeció y sus ojos volvieron a adquirir su expresión ausente.

—Queríamos ayudar a esos muchachos... Lo intentamos. Algunos han respondido maravillosamente.

Varios tienen cargos de mucha responsabilidad. Otros resbalaron..., eso no puede evitarse. Las condiciones de la civilización moderna son tan complejas..., demasiado complejas para algunas naturalezas sencillas y rudimentarias. ¿Conoces el gran proyecto de Lewis? Siempre ha creído que un gran cambio es algo que ha salvado a muchos criminales en potencia. Los envían a ultramar... y comienzan una nueva vida en un ambiente sencillo. Quiere iniciar un nuevo plan sobre esta base. Comprar un buen territorio o un grupo de islas, financiarlo durante unos años, crear una comunidad cooperativa que pueda mantenerse por sí misma... y en la que todos tengan su parte. Que esté apartada para que no caigan en la tentación de volver a las ciudades y a los malos tiempos. Claro que costará mucho dinero, y ahora no hay demasiados filántropos. Queremos encontrar otro Eric. A él le hubiera entusiasmado.

Miss Marple cogió una tijera y la miró con curiosidad.

—Qué tijera tan rara —dijo—. Tiene dos agujeros para pasar dos dedos de un lado y uno en el otro.

Carrie Louise pareció regresar de muy lejos.

—Alex me la ha dado esta mañana. Dicen que va mejor para cortarse las uñas de la mano derecha. El pobre chico estaba entusiasmado. Me la ha hecho probar una y otra vez.

—Me figuro que recogería los pedacitos de las uñas para tirarlos cuidadosamente luego —señaló Miss Marple.

—Sí —repuso Carrie Louise—. Pues... —Se interrumpió—. ¿Por qué dices eso?

—Pensaba en Alex. Era inteligente. Vaya si lo era.

—¿Quieres decir... que por eso ha muerto?

—Sí, creo que sí.

—Él y Ernie..., no puedo soportar el recordarlo. ¿Cuándo creen que ha ocurrido?

—A última hora de la tarde. Entre las seis y las siete.

—¿Después de terminar el trabajo del día?

—Sí.

Gina había estado allí aquella tarde... y Wally Hudd, recapacitó Miss Marple. También Stephen dijo que fue al teatro para buscar a Gina... Cualquiera podía haber...

La anciana tuvo que interrumpir el curso de sus pensamientos.

Carrie Louise preguntó tranquilamente:

—¿Qué es lo que sabes, Jane?

Miss Marple alzó los ojos intrigada y sus miradas se encontraron como extrañadas.

—Si estuviera completamente segura... —señaló despacio.

—Creo que lo estás.

—¿Qué quieres que haga?

Carrie Louise se recostó contra las almohadas.

—En tus manos está, Jane... Haz lo que creas oportuno.

—Mañana... —Miss Marple vacilaba—, tendré que intentarlo, hablaré con el inspector Curry... Si me escucha...

Capítulo 21

El inspector Curry dijo con bastante impaciencia y malhumor:

—¿Y bien, Miss Marple?

—¿No podríamos, si le parece, ir al Gran Vestíbulo?

El inspector Curry estaba un tanto sorprendido.

—¿Es esa la idea que usted tiene de un sitio reservado? Seguramente aquí... —Y miró hacia el despacho.

—No es eso lo que estaba pensando. Es que quiero enseñarle algo. Algo que me hizo ver Alex Restarick.

El inspector Curry, ahogando un suspiro, se puso en pie para seguir a Miss Marple.

—¿Es que alguien ha estado hablando con usted?

—No —repuso la solterona—. No se trata de lo que se ha dicho. En realidad se trata de los trucos que emplean los ilusionistas. Lo hacen con unos espejos, ¿sabe...? Esas cosas..., no sé si me comprende.

El inspector Curry no entendía nada y la miró preguntándose si no se habría vuelto loca.

Miss Marple ocupó su sitio y le pidió que se pusiera a su lado.

—Quiero que imagine que esto es un escenario, inspector, tal como estaba la noche que asesinaron a Christian Gulbrandsen. Usted está aquí entre los espectadores mirando los personajes que aparecen en la escena. Mistress Serrocold, yo, Mistress Strete, Gina y Stephen..., y, lo mismo que en un escenario, hay entradas y salidas y los actores van a sitios distintos. Solo que cuando uno está entre el público no se sabe adónde van en realidad. Salen en dirección a la «puerta principal» o la «cocina» y, cuando se abren las puertas, solo se ve un trozo de tela pintada. Pero en realidad salen a las puertas laterales de la escena... o a la parte posterior donde están los carpinteros y electricistas y otros actores aguardando su turno... Salen... a un mundo distinto.

—Todavía no la comprendo.

—Oh, ya sé..., parece una tontería, pero si usted lo imagina como una representación cuyo escenario es «el Gran Vestíbulo de Stonygates», ¿qué hay exactamente detrás de la escena...? La terraza, ¿no es cierto? La terraza y todas las ventanas que dan a ella. Y así fue como llevaron a cabo el engaño. Fue el truco de la mujer cortada en dos lo que me hizo caer en ello.

—¿La mujer cortada en dos? —Ahora estaba convencido de que Miss Marple tenía algún problema mental.

—Un truco muy emocionante. Debe de haberlo visto alguna vez... No hay solo una muchacha, sino dos.

La cabeza de una y los pies de la otra. Y así pensé que también pudo haber sido al revés. Dos personas que en realidad solo fueron una.

—¿Dos personas que en realidad son solo una? —El inspector Curry estaba desconcertado.

—Sí. No por mucho tiempo. ¿Cuánto tardó su ayudante en cruzar el parque, entrar en la casa y regresar? Dos minutos y cuarenta y dos segundos, ¿no fue eso? Para esto necesitaría menos. Unos dos minutos.

—¿En qué se tarda menos de dos minutos?

—En el truco del ilusionismo. El truco consistió en que solo era una persona cuando todos creíamos que eran... dos. Aquí, en el despacho. Estamos contemplando solo parte del escenario. Detrás está la terraza y una serie de ventanas. Es muy fácil saltar por la ventana del despacho si hay dos personas en él, y correr por la terraza. Recuerde los pasos que oyó Alex, entrar por la puerta lateral, matar a Gulbrandsen y volver, y durante ese tiempo la otra persona que permanece en el despacho hace las voces para que todos crean que allí hay dos personas. Y allí estuvieron todo el tiempo, menos durante esos minutos escasos.

El inspector Curry recobró el aliento y le habló.

—¿Quiere usted decir que fue Edgar Lawson quien corrió por la terraza para matar a Gulbrandsen y quien envenenó a Mistress Serrocold?

—Pero ¿no lo comprende, inspector? Nadie estuvo envenenando a Mistress Serrocold. Ahí es donde empieza el engaño. Alguien lo bastante inteligente quiso aprovecharse del hecho de que los achaques de Mistress Serrocold, debido a su artritis, eran los mismos síntomas que los del envenenamiento por arsénico. Como en el viejo truco de los ilusionistas, estaban forzando una carta. Es muy sencillo agregar arsénico a un frasco de medicina y unas palabras en una carta escrita a máquina. Pero el verdadero motivo del regreso de Mister Gulbrandsen era el más lógico: un asunto que hacía referencia al Trust Gulbrandsen. Dinero, en resumen. Suponga que hubiera habido un desfalco, un desfalco a gran escala..., ¿ve usted a quién señala? A una sola persona.

—¿Lewis Serrocold? —murmuró, atónito.

—Lewis Serrocold —dijo Miss Marple.

Capítulo 22

Parte de la carta que Gina escribió a su tía Mistress Van Rydock:

... ya ves, querida tía Ruth, que ha sido como una pesadilla, sobre todo el final. Ya te he contado lo referente a ese extraño muchacho, Edgar Lawson. Siempre fue un cobarde, y cuando el inspector comenzó a interrogarle, perdió el control de sus nervios y salió corriendo. Saltó por la ventana y, rodeando la casa, bajó por la avenida, donde había un policía que le cortó el paso. Se desvió y siguió corriendo en dirección al repecho donde está el lago, y entonces saltó a una vieja y carcomida embarcación que hace años que está allí haciéndose polvo y la empujó hacia dentro. Naturalmente, fue una locura, pero ya te he dicho que estaba más asustado que un conejo. Entonces Lewis dio un gran grito diciendo: «¡Esa barca está podrida!», y también corrió hacia el lago. La barquichuela se hundió y Edgar se quedó chapoteando en el agua. No sabía nadar. Lewis se echó al agua y nadó hacia él. Pudo cogerle, pero los dos corrían

peligro, pues estaban entre los juncos. Uno de los ayudantes del inspector quiso auxiliarlos y fue hasta ellos con una cuerda atada a la cintura, pero también se enredó y tuvieron que sacarle tirando de la cuerda. Tía Mildred dijo: «Se ahogarán, se ahogarán los dos de una manera muy tonta», y la abuelita repuso: «Sí». No puedo describir la entonación que dio a esas palabras. Solo «sí», y pareció que nos atravesaba una espada...

¿Te parezco tonta y exagerada? Me figuro que lo soy.

Pero nos dio esa sensación...

Y desde luego..., cuando todo terminó, los sacaron e intentaron hacerles la respiración artificial (pero ya no había remedio). El inspector se acercó a nosotros y le dijo a la abuelita:

—Señora, me temo que no hay esperanza.

Y ella respondió tranquilamente:

—Gracias, inspector.

Y luego nos miró a todos. Yo quería ayudar, pero no supe cómo; Jolly parecía triste y dispuesta a dirigir, como siempre; Stephen se retorcía las manos, y Miss Marple daba la impresión de estar muy cansada y apesadumbrada, e incluso Wally pareció trastornado. Todos la queremos y deseábamos hacer algo.

Pero la abuelita se limitó a decir: «Mildred», y la tía Mildred contestó: «Madre». Y juntas caminaron hacia la casa; la abuelita tan frágil, menuda, apoyándose en tía Mildred. Nunca había comprendido, hasta entonces, lo mucho que se quieren. No lo demostraban, ¿sabes?, pero era así.

Gina hizo una pausa, durante la cual humedeció el extremo de su pluma. Y resumió:

Respecto a mí y a Wally..., regresaremos a Estados Unidos en cuanto podamos.

Capítulo 23

—¿Cómo lo adivinaste, Jane?

Miss Marple se tomó unos momentos antes de contestar mientras miraba pensativa a sus interlocutores... Carrie Louise, más delgada y frágil y, no obstante, tan entera... Y el anciano, de suave sonrisa y cabellos blancos: el doctor Galbraith, obispo de Cromer.

El obispo tomó la mano de Carrie Louise.

—Ha sido un gran golpe para usted, mi pobre pequeña, y una gran pena.

—Una pena, sí, pero no un gran golpe.

—No —dijo Miss Marple—. Eso es lo que he descubierto. Todo el mundo decía que Carrie Louise vivía en otro mundo, muy lejos de la realidad. Pero lo cierto, mi querida amiga, es que vivías en la realidad y no de ilusiones. Tú no te dejaste engañar como la mayoría de nosotros. Cuando me di cuenta de ello, comprendí que debía guiarme por lo que tú pensabas y sentías. Estabas tan segura de que nadie quería envenenarte, no pudiste creerlo... Y estuviste muy acertada, porque así era. Nunca pensaste que Edgar pudiera disparar contra Lewis... y también estabas en lo cierto. Él nunca hubiera causado daño a Lewis. Estabas segura de que Gina no quería a nadie más que a su esposo..., y otra vez acertaste.

»Así que debía guiarme por ti, todas las cosas que parecían verdad eran solo ilusiones... Ilusiones creadas con un propósito concreto, del mismo modo que los ilusionistas las crean para engañar al público. Nosotros éramos ese público.

»Alex Restarick comenzó a vislumbrar la verdad el primero, porque tuvo la oportunidad de ver las cosas desde un ángulo distinto..., desde el exterior. Estaba en la carretera con el inspector, mirando la casa, y comprendió las posibilidades que ofrecían las ventanas, recordó el rumor de pasos apresurados que había oído aquella noche, y el cronómetro demostró el poquísimo tiempo que se necesitaba para estas cosas. El ayudante jadeaba mucho, y más tarde recordé que Lewis Serrocold también estaba sin aliento aquella noche, cuando abrió la puerta del despacho. Había estado corriendo mucho.

»Pero fue Edgar Lawson quien me dio la solución. Siempre me pareció un tipo extraño. Todo lo que decía y hacía era exactamente lo que se esperaba de él, y no obstante, resultaba raro. Porque en realidad era un hombre normal representando el papel de un esquizofrénico, y, claro..., siempre parecía demasiado teatral.

»Debieron de pensarlo y planearlo todo cuidadosamente. Lewis comprendió, con ocasión de la última visita de Christian, que algo había despertado sus sospechas. Y le conocía lo bastante para saber que no descansaría hasta descubrir si tales sospechas eran ciertas o infundadas.

Carrie Louise se estremeció.

—Sí —dijo—. Christian siempre fue así. Lento y concienzudo, pero muy inteligente. Ignoro lo que le hizo sospechar, pero comenzó a investigar... y después descubrió la verdad.

El obispo comentó:

—Me culpo de no haber sido un socio más consciente.

—No era de esperar que usted entendiera gran cosa de negocios —repuso Carrie Louise—. Eso corresponde a Mister Gilroy. Luego, cuando murió, la gran experiencia de Lewis hizo que le entregaran la dirección. Y eso, naturalmente, se le subió a la cabeza. —Un tinte sonrosado coloreó sus mejillas—. Lewis era un gran hombre —dijo—. Un hombre con una gran visión, y un creyente apasionado de lo que podía hacerse... con dinero. No lo quería para él..., o por lo menos por avaricia..., sino por el poder que proporciona, y quería tener ese poder para hacer mucho bien con él...

—Quería ser Dios. —La voz del obispo se volvió áspera—. Olvidó que el hombre es solo un humilde instrumento de la voluntad divina.

—¿Y por eso desfalcó los fondos de la sociedad? —preguntó Miss Marple.

—No fue solo eso... —El doctor Galbraith vaciló.

—Dígaselo —le animó Carrie Louise—. Es mi mejor amiga.

—Lewis Serrocold era lo que podríamos llamar un mago de las finanzas. Durante los muchos años en que llevó la contabilidad, se divirtió inventando varios métodos que eran prácticamente estafas. Al principio lo hacía solo por interés académico, pero cuando comenzó a entrever las posibilidades que esas estafas ofrecían, empezó a ponerlas en práctica. Ya sabe, tenía a su disposición material de primera clase. Entre los muchachos que pasaron por aquí, escogió unos cuantos con los que formó una pequeña banda. Eran jóvenes con un fondo criminal por naturaleza, que adoraban las emociones, y con una inteligencia despierta. Todavía no hemos llegado al fondo de todo ello, pero parece ser que este círculo era adiestrado especialmente, y luego los colocaba en posiciones estratégicas, donde bajo la dirección de Lewis falsificaban los libros de tal modo que desaparecían grandes sumas de dinero sin levantar la menor sospecha. Me figuro que las operaciones y ramificaciones de esta trama son tan complicadas que se investigará durante meses antes de que salgan a la luz. Pero el resultado es que bajo varios nombres, cuentas corrientes y compañías, Lewis Serrocold hubiera sido capaz de disponer de una suma colosal para un experimento colectivo, en el cual los jóvenes delincuentes llegarían a poseer y administrar su propio territorio. Era su fantasía.

—Que podría haberse convertido en realidad —repuso Carrie Louise.

—Sí, pudo convertirse en realidad. Pero los medios empleados por Lewis no eran honrados, y Christian Gulbrandsen los descubrió. Estaba muy preocupado, sobre todo al darse cuenta de lo que representaría para ti la probable persecución de Lewis, Carrie Louise.

—Por eso me preguntó por el estado de mi corazón, y estaba tan inquieto por mí. No supe comprenderlo.

—Entonces Lewis Serrocold regresó de su corto viaje y Christian salió a esperarle a la terraza, donde le dijo lo que sabía. Lewis se lo tomó con calma, según creo, y ambos convinieron en hacer lo posible para evitarte el disgusto. Christian dijo que me escribiría para que, como socio del Trust, pudiera dar mi opinión.

—Pero, naturalmente —prosiguió Miss Marple—, Lewis Serrocold estaba preparado para esta contingencia. Lo tenía todo planeado. Había traído a la casa a un joven que iba a representar el papel de Edgar Lawson. Claro que existía el verdadero Edgar Lawson en caso de que la policía pidiera su ficha. El falso Edgar sabía muy bien lo que debía hacer: representar el papel de un esquizofrénico víctima de manía persecutoria, y proporcionar a Lewis Serrocold una coartada durante unos minutos de vital importancia.

»También había pensado cuál era el segundo paso que debía dar. La historia de que tú, Carrie Louise, estabas siendo envenenada poco a poco fue solo la versión que ofreció Lewis de su conversación con Christian. Eso, y unas pocas líneas que añadió a la carta mientras aguardaba a la policía. No fue difícil poner arsénico en la medicina. No hubo peligro para ti, puesto que él iba a impedir que la tomases. Lo de la caja de bombones fue otro detalle, y solo estaban envenenados los que él sustituyó astutamente antes de entregarlos al inspector Curry.

—Y Alex lo adivinó —añadió Carrie Louise.

—Sí..., por eso recogió los pedacitos de tus uñas. Con ellas podía averiguar si te habían administrado arsénico durante un largo período.

—Pobre Alex..., y pobre Ernie.

Hubo unos momentos de silencio mientras pensaban en Christian Gulbrandsen, en Alex Restarick y en Ernie..., aquel muchachito..., y en lo deprisa que un asesinato puede tergiversar las cosas.

—Pero, desde luego —dijo el obispo—, Lewis corrió un gran riesgo al persuadir a Edgar de que actuase como cómplice, aunque tuviera algo con que amenazarle...

Carrie Louise meneó la cabeza.

—No es precisamente por eso. Edgar sentía un gran afecto por Lewis.

—Sí —repuso Miss Marple—. Como Leonard Wylie y su padre. Me pregunto si tal vez...

Se detuvo con reparo.

—Supongo que ves la similitud, ¿no? —le preguntó Carrie Louise.

—Entonces, ¿lo supiste siempre?

—Me lo figuraba. Sabía que Lewis estaba loco por una actriz antes de conocerme. Me lo contó. No fue nada serio, era de esas mujeres que andan tras el dinero y Lewis no le importaba, pero no tengo la menor duda de que ese muchacho, Edgar, era hijo de Lewis.

—Sí —replicó Miss Marple—. Eso lo explica todo...

—Y al fin dio su vida por él —dijo Carrie Louise mirando suplicante al obispo—. Usted lo sabe.

—Celebro que haya terminado así —afirmó este—, dando su vida por salvar al muchacho... Las personas que pueden ser buenas pueden a la vez ser muy malas. Siempre supe la verdad con respecto a Lewis, pero me quería mucho..., y yo a él.

—¿Sospechaste alguna vez de él? —quiso saber la solterona.

—No —contestó Carrie Louise—. Porque estaba intrigada por lo del envenenamiento. Sabía que Lewis no me hubiera hecho nunca algo así y no obstante la carta de Christian decía claramente que alguien me estaba envenenando. Por eso pensé que todo lo que creía saber de las personas debía de ser un error...

—Pero cuando encontraron muertos a Alex y a Ernie, ¿sospechaste? —insinuó Miss Marple.

—Sí. Porque nadie más que Lewis podía haberse atrevido a tanto. Y comencé a pensar en quién podría ser el siguiente...

Se estremeció.

—Yo admiraba a Lewis. Admiraba su..., ¿cómo diría yo...?, su bondad. Pero comprendo que cuando se es... Bueno, hay que ser humilde también.

—Eso, Carrie Louise, es lo que siempre he admirado en usted: su humildad —le indicó el doctor Galbraith.

Sus encantadores ojos azules se alzaron sorprendidos.

—Pero no soy lista... ni demasiado buena. Solo sé admirar la bondad de los demás.

—Mi querida Carrie Louise —dijo Miss Marple.

Epílogo

—Yo creo que la abuelita estará perfectamente bien con la tía Mildred —dijo Gina—. Ahora la tía Mildred es mucho más agradable, menos retraída..., ¿sabe lo que quiero decir?

—Sí —repuso Miss Marple.

—Por eso, Wally y yo regresaremos a Estados Unidos dentro de quince días.

Gina miró a su esposo y agregó:

—Me olvidaré de Stonygates, de Italia, de toda mi infancia, y me volveré estadounidense. A nuestro hijo le llamaremos Junior, como se suele hacer en Estados Unidos. No podemos ser más razonables, ¿verdad, Wally?

—Desde luego que no, Kate —respondió Miss Marple.

Wally sonrió con indulgencia ante aquella anciana que equivocaba los nombres, y quiso corregirla con amabilidad.

—Gina, no Kate.

Pero Gina se echó a reír.

—¡Sabe muy bien lo que dice! Y a ti te llamará Petruchio en cualquier momento.

—Solo pensaba —dijo Miss Marple dirigiéndose a Walter— en que se ha comportado usted muy sabiamente, muchacho.

—Cree que eres el marido perfecto para mí —explicó Gina.

Miss Marple contempló a la pareja. Era muy agradable ver a dos jóvenes tan enamorados... Y Walter Hudd estaba transformado por completo. Ya no era aquel joven malhumorado de su primer encuentro, sino una persona alegre y sonriente.

—Ustedes dos me recuerdan... —comenzó a decir.

Gina corrió a poner la mano sobre los labios de Miss Marple.

—No —exclamó—. No lo diga. No me gustan esas comparaciones con personas de su pueblo. En el fondo, encierran mala intención. ¿Sabe que, en realidad, es usted una mujer muy mala? —Sus ojos se empañaron—. Cuando pienso en usted, en la tía Ruth y en la abuelita cuando las tres eran jóvenes... ¡No sé qué daría por saber cómo eran! No puedo imaginármelas de ninguna manera...

—Y no creo que lo consiga —repuso Miss Marple—. Fue hace mucho tiempo.

www.coleccionagathachristie.com